桂岳诗派

王先霈/主编

武汉来了

◎李强 著

华中师范大学出版社

新出图证(鄂)字 10 号
图书在版编目(CIP)数据

武汉来了 / 李强著. -- 武汉：华中师范大学出版社, 2024.12. --(桂岳诗派 / 王先霈主编). -- ISBN 978-7-5769-0615-8

Ⅰ.I227

中国国家版本馆 CIP 数据核字第 2024GU6828 号

武 汉 来 了
WUHAN LAILE

Ⓒ 李 强 著

责任编辑：张怀东	责任校对：王　胜
封面设计：罗明波	
编辑室：学术出版分社	电话:027-67863220
出版发行：华中师范大学出版社有限责任公司	
社址：湖北省武汉市洪山区珞喻路 152 号　邮编:430079	
销售电话：027-67863426(发行部)	
网址：http://press.ccnu.edu.cn	
电子信箱：press@mail.ccnu.edu.cn	
印刷：武汉精一佳印刷有限公司	督印：刘　敏
开本：880mm×1230mm　1/32	总印张：98.125
版次：2024 年 12 月第 1 版	印次：2024 年 12 月第 1 次印刷
总字数：1950 千字	总定价：898.00 元(全十二册)

欢迎上网查询、购书

敬告读者：欢迎举报盗版，请打举报电话 027-67867353

ISBN 978-7-5769-0615-8

《桂岳诗派》编委会

主　　编　王先霈
顾　　问　蔡红生
主　　任　秦　恒　付义朝
副 主 任　钟文锐
成　　员　李　晶　谢　琴　魏耀武
　　　　　周　义　宋汉涛　沈　思
　　　　　任梦璐

前　　言

　　校园诗人历来是当代中国文学的一支劲旅。从桂子山走出去、现已故去的知名诗人，新体诗有光未然、曾卓、董宏猷等，旧体诗有陶军、黄弗同、佘斯大等。目前活跃在诗坛上的则更多。

　　华中师范大学党委宣传部和出版社从校园文化建设的角度出发，策划出版《桂岳诗派》一书。华中师范大学出版社于1997年到2011年曾陆续出版过名为"桂岳书系"的系列丛书。该丛书编辑出版的目的在于"从根本上强化学校的建设，使高等学校稳稳地站立在文化的峰顶"。因此，这次策划出版《桂岳诗派》，在拟定选题名称上也借鉴了"桂岳"之名。

　　本套书在入选诗人的标准方面，经过多次讨论，最后确定的原则是：其一，只选目前健在的诗人；其二，以中青年诗人为主体，部分年长的诗人只要创作仍然活跃，亦可选入；其三，既可以选新体诗人，也可以选旧体诗人；其四，以华中师范大学校友出身的诗人为主体。秉承上述原则，刘益善、谢克强、李少君、张执浩、李强、余仲廉、邹惟山、段维、姚泉名、胡均华、剑男、易飞的优秀诗作入选《桂岳诗派》。12位诗人中有10位为华中师范大学校友，个别诗人虽未曾在桂子山求学、任教，但长期关注、支持华中师范大学诗教工作，高度认可"桂岳诗派"，为展现华中师范大学诗教工作既立足桂子山，又走出桂子山的博大和开放理念，我们也谨慎将之选入。

从入选的12名诗人的诗体来看，新体诗人占了9位，旧体诗人只占3位。这与当下新体诗的"强势地位"是吻合的。但新旧体诗从来不应该对立，而应该相互借鉴、相融共生。从诗歌的源头来看，旧体诗是新体诗的源头。新体诗在"五四"时期才从旧体诗的母体中分娩出来，自立门户。旧体诗有2500多年的历史，而新体诗的历史不过百年。现在就说新体诗一定会比旧体诗有前途，恐怕太过武断。新体诗还在不断嬗变中，将来走向何方谁也说不清楚。但可以肯定的是旧体诗不可能消亡，它会在不同时代因融入时代特色而卓然生辉。当然，新体诗完全可以从旧体诗中吸收有益的营养，发挥旧体诗所不具备的相对自由表达的优长，不断地去完善自己。从历史上来看，那些著名的新体诗的倡导者如胡适、闻一多、何其芳等，其旧体诗功底都极为深厚；而像徐志摩、戴望舒、余光中、郑愁予等，其新体诗中都充盈着旧体诗的元素。

刘益善从华中师范大学毕业后，长期在文艺单位工作，曾任湖北省作协副主席和《长江文艺》杂志社社长、主编，培养过众多的作家和诗人。他的《翠柳街》主要是对当下日常生活的思考，遥远乡村岁月的记忆，浩浩长江上的感悟，革命年代人事的叙写，是一种多声部的合唱。作者用朴实晓畅的诗句，书写了城市繁华中那留在小街的乡愁，乡村振兴后那遗留在一隅的旧屋,那挂在奔腾的万里长江江面的夕阳,大别山里的一响而聚众四十八万的铜锣,民主人士的最后演讲,深藏功名六十五载的老兵。诗里有长吟、有短咏,充满了激情和深情,有不绝如缕的思恋。

谢克强是一位相当活跃的诗人,曾任湖北省作家协会驻会副主席、《长江文艺》副主编、《中国诗歌》执行主编,对于作家和诗人而言也是一位知名的伯乐。他的诗集《风从故乡来》所收作品主要是其近期所作,无论是故乡的风、父亲的土地、母亲的炊烟、儿时的往事,还是阔别多年重回故土的万千感怀,都使诗人将乡情乡愁作了一番诗意的诠释。这种诠释已不再是乡情乡愁,而是一种根的哲学、一种人生与命运的诠释。诗人以质朴的语言、真挚的情感、不凡的构思,将实与虚巧妙结合,更将具象升华为意象,不仅营造出诗的情感境界,也使诗作获得美的意蕴,因而既给人以思想启迪,又给人以审美愉悦。

李少君曾任《天涯》杂志主编,现为《诗刊》主编,不少新体诗人视其为"掌门人"。《心学集》是他二十多年来的诗歌结集。二十多年来,他从天涯海角到京城,从祖国大地到世界各地,以诗为证,描述所见所闻,记录生活印迹,抒发内心情感,留下思考感悟。他遵循的诗歌原则是:诗歌是一种心学,诗歌更是一种情学,诗歌应该为世界提供意义;在勤奋开拓和孜孜劳作中,在人与诗的互证中,可以诗意地栖居在世界之上。

张执浩是一位新锐诗人,现为湖北省作协副主席、武汉市文联文学院院长,曾获第七届鲁迅文学奖。《每一次告别都是阳关三叠》收录他21世纪以来创作的自己比较喜欢的作品，侧重于呈现日常生活中的情感面貌，在对亲情、友情、爱情的书写中，呈现出诗人成熟浑厚的语言技艺，展现出轻言细语、委婉随性的美学质地，并由此形成了诗人"目击成诗，脱口而出"的诗歌风格。

李强是一位公务员出身的诗人，据说其爱诗成癖，真的到了看淡名利的境界。其诗集《武汉来了》分为上下两辑。上辑写"第一家乡"红色苏区龙港，下辑写"第二家乡"英雄城市武汉，这几乎囊括了作者全部的人生。写龙港的纯粹一些，作者梦回童年、少年，看山水草木、人情世故，如一首美丽的乡村咏叹调。写武汉的丰富一些，诗人从17岁开始读书工作于此，任职于省、市、区三级党政机关，以及大专院校、国有企业，对武汉的感受是整体的，又是具体的，他的诗如一首英雄城市进行曲。

余仲廉是一位知名的慈善家，他创建的博昊基金会已资助贫困大学生两千多人。他也是一位颇有名气的文化人，在哲学、美学、书法和书法评论等方面均有相当深厚的造诣。他经历丰富、爱好广泛，写诗可能只是"余事"，却出版了十几本诗集。他的诗集《我的所有》收录了其近年来创作的部分新诗，题材与内容很丰富，风格也十分鲜明。他以哲学思考着眼于存在，以哲学思维投注于生活，将身处世界、社会的所见所闻和所感所思以及对人生、自然、历史与文化等问题的思考转化成诗。因此，他的诗歌有着独特的思想感悟、深刻的人生哲理，不仅内在的思想相当突出，而且外在的感性也得到了保存，诗与思比较好地融合在了一起。

邹惟山是华中师范大学文学院的教授,以文学地理学研究和十四行组诗写作见长,曾任《中国诗歌》副主编、《外国文学研究》副主编、《世界文学评论》主编。他至少属于教学、科研、创作三栖人才。他于诗新旧兼修,又力图在形式上有所创新。《桂岳集》是他开始无韵自由体创作之后的第一部诗集,收录了他最近三年的部分诗作,大致以编年体的方式呈现。这些作品主要表现了他在行旅中的所见所闻,但并不限于目之所及和耳之所闻,而是可以由此及彼、由表及里,抒发了他对世界大局与中国命运的思考,以及对于人生意义与自然存在的探索,具有一定的深度与广度,同时也富于诗情与画意。

段维在华中师范大学出版社做了30年编辑,任副总编、总编近20年,后来改做党务工作,现为中华诗词学会乡村诗词工作委员会主任、湖北省中华诗词学会会长。他的本科、硕士以及博士学的都是政治学,但不少人最初以为他是学中文的。其诗集《一生知己是文章》收录了其在2021年1月—2024年5月间创作的旧体诗词作品。他称自己的创作题材大致有三类,简称"三园",即"故园""校园"和"政园"(时政诗)。他是一个有着明确目标追求的旧体诗人和诗学研究者,在守正创新方面取得了较好的平衡。他的时政诗一开始主要采用七律体裁,探讨意指的多重性和句式的多样性,后来这种风格也渗透到其他题材之中,被诗评界称为"不言体"(段维字不言)。而在词的创作方面,他又尽量保持词之要眇宜修的本性,尤其是小令还保留着花间词的气息,长调则呈现豪放与婉约兼具的特征。他的故园诗词,对父亲的书写别具一格,这是其他旧体诗人很少涉足的题材。他对校园诗词有着自己的定义,认为校园诗人所写的诗词并非一定就是校园诗词,而是只有写出了校园特色的诗词才是校园诗词。他写的学生宿舍搬家、学生晒被子、学生云上毕业论文答辩、校园防疫等题材,无不深入师生的个性生活之中。

姚泉名早年从事语文教学,现任中华诗词学会乡村诗词工作委员会副主任兼秘书长、湖北省荆门聂绀弩诗词研究基金会代理事长,可谓是专业的旧体诗人了。其诗集《掬来一捧手如蓝》收录了其在2010—2023年间创作的诗词作品400余首,在"雅正出奇,求正创新"的理念下,他以传统诗词抒写古今之事、感发天地之音。其笔下的人事景物,无不是其在游历过程中对历史的追索、对时空的叩问、对禅道的妙悟、对山水的感知、对民情的回放、对风俗的描绘、对朋友的酬唱、对世事的体会。他的作品创造性地融合古今元素,恰如其分地将当代思维与时代语言揉入古典诗词创作中,既展现了传统诗词的古雅之美,又呈现了当代格律诗词的活力。

胡均华曾经当过语文教师,当过公务员,也曾下海经商,经历丰富,现任湖北省中华诗词学会副会长兼秘书长。其诗集《云水禅音细细吟》收录了其在2015—2024年间创作的诗词作品400余首。他秉承"写真生活,发真性情"的创作理念,多取材于现实生活,从所闻、所历、所感的日常过往中生发诗意,既见家国情怀,亦具市井烟火气息。

其在艺术表达上追求情景相生、清新自然的风格，注重对中华诗词经典作品章法、技法的精研考究，并应用于指导当今诗词创作实践，倡导并践行传承与创新并行、读与写结合、入情入境的诗词创作方式。描绘诗意的生活，表达生活的诗意，是《云水禅音细细吟》所刻意追求和努力呈现的。

剑男在华中师范大学文学院当过刊物编辑和教师，是一位低调而勤奋的诗人，作品曾获丁玲文学奖、湖北文学奖。其诗集《万物都有一个安静的去处》收录了其在2015—2024年间创作的诗歌作品200余首。该诗集聚焦诗人故乡幕阜山的自然山水和风土人情，以及生存于其间的父老乡亲们艰辛而淳朴的乡村生活，集中展现了诗人渴望通过诗歌重建人与自然关系的写作理想。剑男的诗歌注重人对自然的深度介入，既有精神的高蹈，也有对生活现场的热情灌注。故乡的一草一木在诗人笔下回归自身，自然和人作为本体被再次发现，在对朴素生活的观察中渗透着深刻的思考。

易飞早年在报社做过记者，后来在杂志社做过总编，兼写长篇小说，近几年转为新体诗创作与评论。据他自己说"算是找到了感觉"。其诗集《傍晚下起了阵雨》是其2020年回归诗歌后的作品结集。其诗作题材丰富，风格不断变化，饱含热情、勤勉和朴诚的精神，引起诗坛关注。其诗艺渐至精妙，且日臻浑圆，不断有佳作出现。特别是其"亲人系列"作品，情感深沉，含义幽微，别开生面，余味厚重。他近年开启"易飞掰诗"评论系列，精读文本，从一个写手的角度直言自身感受，其庄敬、实诚、直接的论诗风格为人所称道。

　　以上只是对 12 位诗人的作品进行一种浮光掠影式的浏览，旨在为读者勾勒出"桂岳诗派"的总体形象：每一位入选者都有自己的特色，集合在一起会爆发出巨大的能量。武汉大学有"珞珈诗派"，10 年前就树起了旗帜，影响不小。后起的"桂岳诗派"能否向"珞珈诗派"看齐，或者形成"比学赶帮超"的态势，则取决于华中师范大学诗人群体的共同努力。当下我国诗坛的诗派不是太多，而是太少，为什么不可以在学校提出建立"桂子学派"的同时，也建立一个影响广泛的"桂岳诗派"呢？同时，也希望我们的每一所重要的大学，都能结合自己的优势和特色，在这方面做出一个或多个样板来。

2024 年 6 月 28 日

目　录

上　辑

萤火虫 / 003
记忆中的小镇 / 004
在乡下，孩子们晓得更多 / 006
官庄 / 007
偶尔 / 008
我见过年轻的朝阳河 / 009
琥珀 / 011
　　一 / 011
　　二 / 011
　　三 / 012
哦，彩虹 / 013
小苏 / 014
校园曾经开满桂花 / 015
山高水长 / 017
　　一 / 017

  二 / 018

  三 / 018

  四 / 019

闪电来了 / 020

  一 / 020

  二 / 020

  三 / 021

富水来了 / 022

  一 / 022

  二 / 022

  三 / 023

  四 / 024

潮水来了 / 025

  一 / 025

  二 / 026

  三 / 027

温故 1978 / 028

温故 1968 / 031

春天翻过了几个山头 / 032

无知的日子真幸福 / 033

下雨了 / 035

猴年马月 / 036

回故乡之路 / 038

桑树有三个好处 / 040

黄昏灿烂 / 041

揍冷锤子 / 043

气急败坏 / 044

有些茅草根是甜的 / 045

数理化及其他 / 046

老街 / 048

盐 / 049

低飞与远航 / 050

滚铁环 / 052

繁花似锦 / 053

天高云淡 / 055

鸡犬不宁 / 056

未雨绸缪 / 057

一般不谈金子 / 059

吃糖果记 / 060

远山远水 / 061

天黑黑 / 062

青石板 / 063

风继续吹 / 065

天牛 / 066

打屁虫凶凶 / 068

跪搓衣板 / 069

观棋不语 / 070

山水人家 / 072

大马路 / 073

一般而言 / 075

山内山外 / 076

幸福记忆 / 078

打水漂 / 079

被辜负的少年 / 080

清脆 / 081

耳闻目睹 / 083

一口樟木箱 / 084

豇豆有一对长辫子 / 086

彭杨学校回忆 / 087

龙港高中回忆 / 089

那山那水 / 091

看见龙港 / 092

忽一日 / 094

城里的苹果 / 096

老谷烧 / 097

G2039 途经阳新 / 099

关于龙港人的六种比喻 / 100

那抛弃我们的 / 102

丢手帕 / 103

黄鼠狼没商量 / 104

杂草丛生 / 105

一日之计在于晨 / 107

削铅笔 / 108
记忆温柔 / 109
好日子 / 110
想起马鞭草 / 112
马从南山来 / 113

下　辑

一点点爱上这座城市 / 117
西北湖 / 118
感动江汉 / 119
武汉 2049 / 120
栀子花开 / 123
人大代表建议 / 124
坤厚里 / 126
一个人，又一个人 / 127
　　一 / 127
　　二 / 129
武汉来了 / 130
　　一 / 130
　　二 / 131
　　三 / 132
　　四 / 133
　　五 / 134

一枚杨树叶凋零了 / 135

高山流水 / 137

知音号 / 139

红 T / 141

这是我美丽的江大 / 143

乌云滚滚 / 144

素描晓苏 / 145

等等我呀，武汉 / 147

我们的军运会 / 150

    一 / 150

    二 / 151

    三 / 152

致敬芦苇 / 154

芦苇花开 / 157

    一 / 157

    二 / 157

    三 / 158

    四 / 159

    五 / 160

致莘莘学子 / 161

车过中山公园 / 163

车过西北湖 / 164

车过前进五路 / 165

车过香港路 / 166

车过汉口火车站 / 167
诺亚方舟 / 168
  一 / 168
  二 / 169
  三 / 170
  四 / 170
  五 / 171
  六 / 172
多好的五一节 / 173
五月的二月蓝 / 174
大路朝天 / 175
在马影河畔 / 177
礼拜溇水 / 178
话说新洲 / 179
唤醒 / 180
在水一方 / 182
地理课 / 183
听说有萤火虫 / 185
2020年的苹果 / 186
育种三人行 / 189
阳台绿洲 / 190
天兴洲畅想 / 193
说吧梅花，说吧武汉 / 195
春分了 / 197

在刘嘴 / 198
  一 / 198
  二 / 199
  三 / 200
凌波门 / 202
昙华林 / 203
万里长江Ⅴ渡 / 204
大东门 / 206
占山为王 / 208
盾构机之歌 / 210
盘龙城寻根记 / 211
秋之珞珈 / 213
大武汉1978 / 214
长江十年禁渔遐思 / 215
秋风光临了江城 / 218
杨泗港长江大桥 / 220
在五月 / 221
华中大校庆日随想 / 223
山雀子噪醒的武汉 / 225
有人路过清芬路 / 227
窗外的大武汉 / 228
冬季到武汉来看雪 / 229
损失了多少绿林好汉 / 231
大武汉的小秘密 / 232

端午节礼拜紫薇 / 235
大武汉 1933 / 238
在单洞门洞见春天 / 240
一个人的长征 / 242
在万绿园 / 243
桂花开了 / 245
慢一点,再慢一点 / 247
唯一的,珍稀的 / 248
在花乡茶谷 / 250
美女如云 / 251
在凤娃古寨 / 252
来吧,都来吧 / 254
好!好好!好好好 / 255
"紫薇杯"巡礼 / 257
  一 / 257
  二 / 257
  三 / 258
  四 / 259
去江夏那边 / 260
在灵山景区 / 261

上　辑

萤 火 虫

会飞的露珠
闪着微光
会呼吸的琥珀
记录沧桑
会舞蹈的精灵
激动整个村庄
点亮黑夜的火把
唤醒少年幻想
比一瞬间更短
比一辈子更长

陨落的繁星
来自天堂
孤单的孩子
在风中流浪
仲夏夜之梦
梦见了什么
飞呀,闪光呀,迎风歌唱
在山下,在河边,在荒无人烟的远方

越过无穷岁月
忽然热泪盈眶

一灯如豆,一叶知秋,一苇渡江
这些深奥的道理
萤火虫知道吗
她闪着微光,自由翱翔
在山下,在河边,在荒无人烟的远方
在书里,在画里,在背井离乡人的心里
激起涟漪,引发回响
比一瞬间更短
比一辈子更长

2011-07-13

记忆中的小镇

幕阜山,朝阳河,七十年代
木板屋,青石路,千米老街
山间有杜鹃,五月天,漫山红遍
河里水清澈,杨柳岸,少年垂竿
老街上有洋货,有土产,有吆喝,有炊烟

在呼儿唤母声中升起，断断续续，经久不散
有沃野良田，日出而作，日落而息
一成不变，这一说又何止千年
有红薯南瓜，又离不开，又不值钱
有白云蓝天、空荡的舞台、单调的演出
无休无止，要耐心地等呀等呀，才能等来
震耳欲聋的闪电，观光旅行的鸿雁
有香草美人，香草就是兰花、梅花、栀子花什么的了
邻居们没什么文化，不会用"氤氲"这个词来形容
只会说"好闻好闻"，或者说"好香好香"
至如说美人，就不大好说了
怎么说呢，老家伙心中有老了的美人
小家伙心中有正在长大的美人
如果有一个人被一街人经常挂在嘴上
那一定美得不得了
也一定被泼上名声不好的脏水
你想问谁是诗人小时候心中的美人吗
我也不会说，我也忘不了

2014-08-08

在乡下,孩子们晓得更多

晓得哪座山上有宝
哪座山上只有野草
所谓宝,就是兰花、苦菜、竹笋、兔子什么的
晓得哪条河汊子里有泥鳅、黄鳝、喜头鱼
而另一条河汊去不得
河底下淤泥很深
还有破玻璃瓶
晓得哪一个旮旯新长出一棵桑树
不晓得可不行呀
睡眼惺忪的蚕宝宝嗷嗷待哺
晓得哪一种苞谷秆可能有甜味
而另一种淡得像水
不晓得可不行呀
不要钱的甘蔗到哪里去找
在乡下,一家只有几把斗笠油伞
一定要晓得辨云识雨
不然就会被淋成落汤鸡
粮食紧张,家大口阔
一定要晓得按时回家

不然就只好饿一顿
把裤带再扎紧一点
在乡下,大人望种田,小伢望过年
不种田又拿什么过年
所以,在乡下孩子们小小的年纪
就晓得种田
晓得育种插秧、施肥除草、排灌割谷
晓得珍惜粮食
把碗里的饭吃得一粒不剩

2014-08-09

官　　庄

炊烟总是先从东边的官庄冒出来
然后才是南边的凉亭坳
西边的黄桥
北边的老绾堂
从懵懵懂懂到17岁出远门
家乡最美的风景就没有变过

谷雨刚过

山上的满山红田里的紫云英
就都在官庄咿咿呀呀开了
然后才是凉亭坳、黄桥、老绾堂

打小就听说山里有兰花
还听说最美的兰花是九节兰
那一天上学路上碰到官庄的陈早香
她脸上红扑扑的
头上插着一枝芬芳扑鼻的九节兰

2015-03-04

偶　　尔

偶尔看见花开
我说的是山里的兰花杜鹃花木槿花
而不是地里的南瓜花黄瓜花油菜花
偶尔看见雁阵掠过大山深处的家园
飞向深秋的更深处
偶尔见到外乡人
偶尔听到好消息

偶尔看见父母亲笑了
想必父母亲听到了好消息

我想问,但不敢问
我怕一问
就把好消息问没了
就把父母亲的笑容问没了

2015-04-21

我见过年轻的朝阳河

我见过山花烂漫
我见过杨柳拂面
我见过静水微澜
我见过鱼跃鸟欢
我见过上苍赐予偏僻家乡的无价之宝
我见过年轻的朝阳河

从晨光熹微到月色朦胧
乡亲们或三三两两

或成群结队
来亲近河水
像亲近自己的亲人
挑水、淘米、洗衣、饮牛
或躺在青草岸上吹风或者发愣
或钻进微凉水中捉鱼或者漂流
那时鹅卵石和沙子都是干净的
那时喝一口水都不会拉肚子
那时大青石砌成的梅家桥纹丝不动
站在桥上钓鱼、跳水、乘凉都不用担心

那时河里还没有筑坝
河水与山溪、水井、灌渠
可以走动和恋爱
那时河里还有咿咿呀呀的乌篷船
高兴的时候
他们和红花鳍结伴游到大汉口

2015-08-28

琥　珀

一

时候到了
蛾子开始在草纸上写遗嘱
写着写着
饱满的身体瘪了下来
写满巴掌大的一片纸
身体就完全僵硬了

少年目不转睛
读完生死轮回
从一年级到五年级
少年目不转睛
一连读了五回

二

时候到了
少年用草纸折纸船

从一年级到五年级
折得越来越好
折得越来越慢

天有点黑了
少年来到朝阳河边
目送轻飘飘的纸船
载着轻飘飘的蛾子
越漂越远
风吹动少年的衣衫
少年眼里噙着泪水
他不让父母看见
也不让姐姐看见

三

时候到了
春暖花开
蝴蝶在野花丛中翩翩起舞
少年满心欢喜

少年满心欢喜
他看见其中的一只
栖在自家的窗棂上
久久不肯离开

哦
肯定是蛾子复活了呀
少年深信不疑
现在已经是老年了
仍然深信不疑

他没告诉妻子
也没告诉儿子

2015-09-02

哦,彩虹

小时候
小山村
小丘陵
小河沟
小块小块的农田
小家小户的日子
小朵小朵的花
低眉顺眼开了又谢

微风细雨后
小小的彩虹
随随便便地挂在
树梢、桥头、路口
更多的时候挂在
生产队的打谷场上

2016-05-22

小　　苏

小苏从小就灵醒
长得端正醒目
说话做事
总比别的孩子机灵
街上人都知道小苏

有一回
小苏低头过马路
与一辆江西来的汽车碰了个正着
好个小苏

一骨碌钻出车底
拍拍灰就去上学了

街上人都知道小苏
街上人都说
大难不死，必有后福
小苏就是活生生例子

街上人都说错了
三年后小苏随老苏搬离了龙港
又过了三年
小苏在一处小水塘淹死了

2016-07-13

校园曾经开满桂花

拎着背着挑着
跋山涉水而来
红砖黑瓦校园
曾经开满桂花

我叫金桂

我叫银桂

我叫早桂

我叫迟桂

我叫香桂

我叫珍桂

我最划不来

我叫叶桂

一屋子乡音

一屋子笑声

一屋子叫桂花的女同学

一屋子美好

一辈子也忘不掉

校园曾经开满桂花

2016-10-20

山 高 水 长

一

下雨就下雨吧
偏偏又刮了一阵风

说好给水井当媳妇的
却改嫁给了天井

算好要吻上陈早香的
却只吻了她辫子上的栀子花

本来要骑上芦花大公鸡的
却降落在陈八斤家的小鸡仔上

小雨滴、小鸡仔
都有点不好意思
都愣了一阵子

二

端午快到了
大白鹅勉勉强强下了几个大鹅蛋

黄泥巴也和好了
红毛线也找齐了
你再不下几个蛋
小强的妈妈不好办

这只大白鹅
这个风雅颂
这个庸懒散

三

茧子不能太厚
露水不能太重
太阳不能出来太晚

毛毛虫睡不踏实
像临盆的嫂子一样
睡不踏实

萤火虫知道这个秘密
它提着小小灯笼
照看了一遍
又一遍

四

当肖细花不能说刘会才的坏话时
当刘会才不能说肖细花的坏话时

挨骂算是好的
搞不好要挨打
他们是娃娃亲
如今年过花甲、儿孙满堂了
还亲

不信你试试看

2016-12-16

闪 电 来 了

一

一小片紫云英开了
一小片满山红开了
春风醒了

满畈的紫云英开了
满谷的满山红开了
闪电来了

闪电来了
大地、人心颤了又抖

二

一年级、二年级、三年级的陈早香
是陈早香
是一个爱学习又懂事的女孩子

四年级的陈早香
是一道闪电

她脸上红扑扑的
俏皮的辫子上
斜插着香喷喷的九节兰

三

一个神话
一个笑话
我走在街上
被他们指指点点

只好到河边捉泥鳅
比起世道人心
泥鳅更好捉摸一点

在松懈的正午时分
闪电,迟到了3月的闪电
终于来了

华中工学院的录取通知书
终于来了

2017-02-05

富 水 来 了

一

差点淹死
差点一石激起千层浪

吐吐舌头
压压惊
继续湖畔聆诗吧

少时不出点意外
如何成为诗人

二

那次的玩伴是小周
不是小苏
小苏搬家走了
又过了三年
小苏在一处小水塘淹死了

同样是淹死
在大水库淹死
比起在小水塘淹死
干净一些
也壮烈一些

当然喽
最好是不淹死
否则
谁来湖畔聆诗呢

三

烟波浩渺的富水水库
简陋粗糙的划子
懵懵懂懂的少年
小周说，跳吧
小李说，跳呀

小周会狗刨
小李是秤砣
差点一石激起千层浪

过程不说也罢

《国际歌》中唱道
从来就没有什么救世主
也不靠神仙皇帝
要创造人类的幸福
全靠我们自己

四

十一岁出趟远门
从龙港来到富水
远山如黛
近水似碧
发电厂、泄洪渠、三角洲
雪梨树、苹果树、葡萄藤
红砖黑瓦,绿树掩映
神气活现的知青
从武汉、阳新、龙港空降的知青

小李的姐姐
小周的姐姐
是特别要好的一对知青

2017-03-31

潮水来了

一

山溪里的鱼
与大江大湖大武汉的鱼
是不一样的

山溪里的鱼
小一点
瘦一点
干净一点

它们的祖先
见过我小小的、瘦瘦的
干干净净的
裸体

它们的祖先
见过我父母亲
小小的、瘦瘦的

干干净净的
裸体

二

山野里的泡
与城郊大棚里的草莓
是不一样的

山野里的泡
小一点
瘦一点
干净一点

这些带刺的野孩子
脸红红的
趴在地上
亲吻露珠
脸红红的
攀在枝头
仰望星辰

五月的暖风呀
绿色的波涛呀
满山遍野的小火苗呀

小小少年的心跳呀

三

山村里的燕子
与大都市的鸽子
是不一样的

山村里的燕子
小一点
瘦一点
干净一点

这些穷人家的孩子
从小热爱劳动
从小就会觅食、筑巢
自由恋爱
不啃老
也不食嗟来之食

七月流火
梧桐叶落
闲不住的孩子
纷纷出远门了

它们还会回来吗
它们还会回来呀
一年又一年
一辈又一辈
无休无止的惦记、询问、等待
在大山深处演绎了数千年

2017-06-19

温故 1978

在年初,暖流来自北方
攻陷了纸糊的城堡
渡鸦来了
一只,一群,铺天盖地
渡鸦们窃窃私语
史矛革已葬身黑暗海底

风吹草动
草舞风动
蠢蠢欲动
梅家河醒了

一翻身挣脱锁链
紫云英醒了
燃烧的乡村
打开的风景与人心

说不清偏东、偏西、偏北
无名高地上
四月枇杷熟了
没有孩子采摘
六月黄花梨熟了
没有孩子采摘
他们在黑板上采摘
在课本上采摘
在作业里采摘
多么新鲜又艰难的采摘

史矛革死了
人民返回到河谷镇
一切从头开始
多么新鲜又艰难的采摘

八月我回到校园
校园空空如也
枇杷落了一地
黄花梨落了一地

透过高二（3）班破碎的玻璃窗可见
红得发紫的桑葚
一串又一串
挂满枝头
随风摆动
天上的风吹动流云
地上的风吹动桑葚
我坐井观天
我长大成人
我耐心等呀，等呀
等来了墨绿色自行车

在十月
一个宁静的正午
细节与真相
已经模糊不清
如同如今回望龙港
多少人物风景
已经模糊不清

2018-02-09

温故 1968

一场雨水
唤醒了一个人的记忆

雨水拍响亮瓦
把我赶到屋檐下
雨水拍疼天井
把我赶到老街上

一只小青蛙
一滴小水珠
在一片荷叶上对峙
一动也不动地对峙
显然,它们有足够的耐心
比这个孩子
更有耐心

雨滴汇合雨滴
开始了流淌
小伙伴喊来小伙伴

追逐这流淌

雨停了
我抱着电线杆
往上探着头
壁虎趴在电线杆上
往下探着头

我赢了
它跑了

2018-02-19

春天翻过了几个山头

官庄的茶花开了
坜上的茶花还在羞答答
但丘的犁铧开始小合唱
门楼的犁铧还没有出门

惊蛰不安
春分露脸

春天翻过了几个山头

山往西走,水向东流
大地换上了暖色皮肤
炊烟脱下冬装
小鸡小鸭乱写乱画
春天翻过了几个山头

春天翻过了几个山头
春天哪,这个庞然大物
这个温情的、透明的、轻盈的
庞然大物
刚刚吹着口哨
蹚过春心荡漾的梅家河

2018-04-27

无知的日子真幸福

成长的时候
感觉不到成长
小鱼小虾小孩子

他们是幸福的

从井里挑走一担水
井水是满的
下午再挑走一担水
井水还是满的
挑水的人
是幸福的
有时他们的幸福
会溢出来

桌椅板凳
总有人坐
旧衣服总有人穿
随便上一座山
总能砍下一捆柴
而青山还是青山
砍柴的人
是幸福的
有时他们的幸福
会咯吱咯吱唱出来

时间还早
登上山顶
四下观看

山连着山
青山的深处
是灰蒙蒙的山
越远颜色越淡
直到隐入云间

山连着山
沉默寡言
它们都没有名字
都没有开始与末日
它们都长满满山红、落叶松
春来红如绸缎
深秋裸露出金与铜

2018-09-16

下 雨 了

下雨了
门关上了
窗子关上了
蚊帐也关上了

蚊子吃了个闭门羹
生气地掉头走了

世界安静了
大山外的运动
大山内的活动
按下了暂停键

牛得到了草
鸡和鸭得到了谷粒
有个孩子最幸福
同时得到了
父亲和母亲

2021-02-28

猴年马月

一只锦鸡踱进我家院里
它有漂亮的羽毛
十足的好奇心

它仪态从容
主动与我年轻的父母
打了个友善的招呼

它也没有忽略
篱笆上的木槿花
屋檐下的燕子
一一点头示意
走走停停
优雅从容
那只漂亮的锦鸡
也许是时光的使者
也许是时光的化身

当时我还小
当时我还是个小宝宝
更有可能的是
我还不是个小宝宝

2021-08-19

回故乡之路

从 106 国道转入大广高速
黑白与彩色纠缠不清
车过黄桥
视网膜泛黄
行人与车辆
小红山与梅家河
越来越不真实

红军街上静悄悄
方砖置换了青石板
红油漆刷新了门面
苦难与辉煌
在墙上张望
斗笠与蓑衣
吆喝与生意
出没于幽冥深处
大礼堂曲终人散
爱与恨、荣与辱
三缄其口

歪脖子树坚守故园
还有一口气在
还在等待春天

山河岁月
日晒雨淋
哥哥这个外乡人
萎缩了，慈祥了
早已儿孙成群
依然中原口音
一个两个三个
四个五个六个
闻讯赶来了老同学
凋零的少
活着的多
一端起梦之蓝
一个个生龙活虎的
在摇摇欲坠的秋分时节
令人心醉又欣慰

去了趟卫生院
访问了自己的童年、少年
卫生院改文化馆了
爸爸妈妈去天堂了
太太说细细一闻

还有熟地、当归、川芎的气味

2021-09-23

桑树有三个好处

茴香豆的"茴"字
有四种写法
桑树有三个好处

嫩嫩的早春
怯怯的桑叶
蚕宝宝的第一口奶
要早，要早
晚了就来不及了

三四月开花
五六月结果
桑葚拖着夏天
一口气奔跑
从绿变红
红得发紫

光阴的故事
成长的荷尔蒙
我爱桑葚

秋天来了
秋天还是来了
高大蓬松的桑树下
走着站着长大了的女生
她们在想什么
她们在讲什么
喊得出名字的
喊不出名字的
她们聚在一起
她们在一夜之间
长成芬芳四溢的大姑娘了

2022-02-22

黄昏灿烂

远一点，再远一点
落日余晖灿烂

蝙蝠与燕子混为一谈
村东头，村西头
鸡鸣与狗吠
可以与不可以
混为一谈
钟声响了
清楚又嘹亮
山那边的寺院
水这边的校园
混为一谈

炊烟袅袅
义无反顾
奔赴朝圣的路上
几春秋，几千年
像爱，复杂又简单
像读书，越读越薄
直到最后一页
被一阵风轻轻带过

2022-02-22

揍冷锤子

别人打架
我打别人
美其名曰
揍冷锤子

穷山恶水出狠人
服不服
不服不行

揍冷锤子
要快
要机灵
像狮子捉斑马
长距离奔袭
怕是不行的
像老虎捉野猪
贵在出其不意

落空了
那个沮丧

落实了
那个欢喜
比凭空捡到五角钱
还要欢喜

这个故事告诉我们
到龙港街上打架
风险太大
潜在风险远远大于
现实风险

2022-02-25

气急败坏

吴婆婆气急败坏
左手持砧板
右手舞菜刀
一口气冲到
洪水淹没的梅家桥
朝着空无一人的梅家山
又叫又骂
直到声音嘶哑

剁头崽,切头崽
切得尾巴直个甩

说明如下
吴婆婆菜园在梅家山
发大水了,贼上山了
菜园的黄瓜不见了

这个故事告诉我们
月黑杀人夜
风高放火时
发大水不偷黄瓜
更待何时
只是一定要有
被追查痛骂的心理准备

2022-02-25

有些茅草根是甜的

有些茅草根是甜的
有些苞谷秆是甜的
有些山泉水是甜的

我试了又试
从漫山遍野的苦涩中
试出了甘甜

有时背人
有时不背人
不告诉爸爸妈妈
不告诉姐姐

有些眼神也是甜的
某年某月某日
在彭杨学校操场上
你踮起脚
给我系红领巾
你的眼神
就是甜的

2022-02-26

数理化及其他

吴老师沉默是金

讲数学，讲几何
三七二十一
一遍教清楚
不教第二遍

周老师潇洒哥
人帅，板书帅
会扣篮
会高唱《国际歌》
物理知识清清楚楚
世道人心有点糊涂

江老师背着手
踱进教室
边打嗝
边默写化学方程式
昨晚宵夜的狗肉
尚未完全消化

教语文的，教生物的
都是刘老师
都说武汉话
我在武汉生活四十年了
都不如他们当年说得好

后来我上了大学
后来我当上了大学校长
后来又后来
一次又一次想
如果吴、周、江、刘老师
站在大学讲堂上
会散发多么强烈的光

2022-02-26

老　　街

老街有多老呢
青石板照得出人影
青苔滑得像冰
青砖上刻着花纹
大的是鸟兽
小的是虫鱼
也不知道是清朝的
还是明朝的

工匠们辛苦一生

留下了文明
没留下姓名

青石板躺着
杉木板站着
老街方方正正
保佑一方生活
青石板穿青衣
杉木板穿红衣
从暗红穿到浅红
直到斑斑驳驳
像雨水冲刷的沟壑

2022-02-28

盐

看了《闪闪的红星》
看到了盐
有盐无所谓
一角四分钱一斤
没盐就惨了

同学们纷纷表示
今天的幸福生活
确实来之不易

学了初中化学
学到了盐
某同学兴致勃勃
来到供销社
掏出一角四分钱
挑衅营业员
买
买 500 克氯化钠

2022-03-01

低飞与远航

纸飞机飞了又飞
飞不出打谷场
吻不到高处的雨燕
低处的蜻蜓

往往十之八九
会撞醒蝴蝶的清梦
高高低低的晒架上
一只菜粉蝶正梦见庄周
一只凤尾蝶正梦见李商隐

纸船顺风顺水
一去不再回头
在风平浪静的日子里
会挣脱小伙伴们的视线
顺流而下几十米、几百米
说不定几千米
会依次告别官庄、下陈
星潭、富水
如果运气足够好
会经网湖会见长江
纸船上的蚕爸爸、蚕妈妈
会有一个宏大的葬礼

2022-03-02

滚 铁 环

你们抽陀螺
我们滚铁环
你们骑自行车
我们滚铁环
你们开拖拉机、开汽车
我们滚铁环

太阳推着地球转
地球推着月亮转
我们推着铁环转

街上人多路窄
快不起来
上坡有点费力
下坡有时脱环
路过彭杨学校时
我们越滚越快
飞一样奔跑起来

作业又没做,作文又没交
被班主任看见了
那还得了

2022-03-02

繁花似锦

在菜园
在农家小院
木槿花踮起脚尖
一小朵一小片
粉嫩嫩的
不似锦
似小姑娘头上的蝴蝶结

兰花稀少
九节兰更稀少
躲在密林泉边
度过青春年少
不似锦
似官庄的陈早香

二月至三月
似锦的繁花开了
田里的紫云英呀
三月至四月
似锦的繁花开了
地里的油菜花呀
四月至五月
似锦的繁花开了
满山遍野的红杜鹃呀
南风梳过河流山川
繁花们纷纷嫁人啦

春回江南
繁花似锦
瓢虫、蜜蜂、布谷鸟
纷纷出来活动了
拎着扛着的乡亲们
纷纷出来活动了
他们活在画中
美滋滋的
一幅画,又一幅画
活在他们眼里与心里

2022-03-02

天高云淡

天高云淡
膨胀了时间
膨胀了空间
膨胀了少年
他开始多愁善感
开始与现实
拉开一小段距离

苦了鸿雁
苦了炊烟
向往的天堂
变得遥不可及

2022-03-02

鸡犬不宁

黎明时分
鸡叫狗子不叫
狗子十有八九
在睡懒觉
梦见了一大块骨头
在流涎呢

陌生人走近了
也不一定是贼
狗叫起来了
恶狠狠地
夹杂着警告与威胁
鸡呢？鸡不帮腔
母鸡在野地觅食
公鸡在打母鸡主意

2022-03-02

未雨绸缪

要快
不要偷懒
瓦屋顶茅屋顶要检漏
亮瓦破了要换
窗玻璃缺了
插销断了
也要换
不要漏了牛栏猪圈

斗笠蓑衣要找出来
要一件件地检查
锄头松了没有
铁锹把断了没有
煤油灯里有没有煤油
乌风黑暴之时
最有可能停电

还好还有时间

到田间地头转转
给倒春寒一点阻挡
给娇嫩一点保障
给成长一点力量
给夏秋多一点希望

雨水要来了
雨水连绵不断
来自富河以东
幕阜山以南
布谷鸟呢
一大群布谷鸟
已经来了
今天它们沉默
明天
最迟后天
会不约而同
纵情歌唱春天

2022-03-04

一般不谈金子

一般不谈金子
偶尔谈一句两句
总是小心翼翼
总是欲言又止
谈不到关键处
只听说呀
谁也没见过
谁都怕招灾惹祸

一般不谈金子
谈铁匠铺
不谈皇帝
谈诸葛亮
不谈老虎
谈野兔野猪
不谈凤凰
谈野鸡家鸡
不谈太阳
谈鸡蛋

鸡屁股底下有银行呀
是的是的
是有银行

一般不谈金子
想不想呢
翻开花名册
一粒又一粒金子
蹦蹦跳跳的
比银铜铁锡之类
多上好几倍呢

2022-03-04

吃糖果记

慢吞吞的
不是急吼吼的
剥开包装
先看
再闻
再舔

再尝
是你的
着什么急呢
幸福来得不容易
囫囵吞枣怎么行呢
你又不是猪八戒
囫囵吞枣怎么行呢

舔了又舔
尝了又尝
甜蜜的滋味
尽可能延长
说说你自己吧
想当年
吃完一颗糖果
花了几天几夜

2022-03-04

远山远水

九节兰居住在九重深山

凤凰不鸣
杜鹃不开
山泉水絮叨如婴儿语言

山尖尖凿破太阳
流一地蛋黄
凿破月亮
流一地蛋白

一年一度
大雁来自江西
见过江东父老
随即匆匆离去
留下晃动与遐思
猜不透的流言蜚语

2022-03-09

天 黑 黑

天黑黑
黑得像锅底

　　我们满心欢喜
　　有萤火虫的夜里

　　天黑黑
　　黑得像锅底
　　我们满心欢喜
　　有蔸子火的夜里

　　天黑黑
　　黑得像锅底
　　我们满心欢喜
　　有好消息的夜里
　　我们睁眼闭眼
　　满世界一片鱼肚白

　　　　　　　　2022-03-12

青　石　板

青石板躺在梅家桥桥面
青石板铺在梅家河河边
青石板撑起龙港街

半壁江山
其余交给木头、砖头、瓦片

从哪里来的
也许是青山
也许是荒山
憨憨的哑巴
问不出籍贯
往哪里去呢
来了就不走了
一辈子就这样交待了

又大又亮的青石板
定居在了龙港卫生院
费师母家对面
大热天
人热得透不过气
我躺着
她坐着
不住地啰唆
啧啧！这孩子气色不好
气色不好

这是半个世纪前的画面
我活着

她活着
大青石板活着
大热天
我们都热出了一身汗

2022-03-12

风继续吹

邻居家的门虚掩着
可以推门进去
一探贫富虚实
可以掀锅盖
不可以掀被窝

可以穿破穿烂
不可以裸体
在家也不可以
在被窝里可以

别人碗里的菜
有的可以夹一筷子

有的不可以

臭豆腐可以

红烧肉不可以

可以摸男娃的头

不可以摸女娃的头

除非你本人

也是个女的

可以相亲

可以提亲

不可以亲上加亲

听说达尔文这么说过

生物老师刘正义证实

达尔文确实说过又错过

2022-03-12

天　牛

水牛黄牛犀牛天牛

天牛吃饱喝足

心满意足
开始走路
开始飞
累了休息一会儿

我们读书读累了
也休息一会儿

它有长长的触须
虾子也有呀
虾子为什么不叫天牛
这小不点也称天牛
那天马、天象、天龙
又是什么样子的呢

用一根稻草喂它
它不吃
审问它
它不回答
再审再问
它生气地远走高飞了

2022-03-13

打屁虫凶凶

看起来是善良的
小兔子乖乖
什么的
小兔子急了咬人
打屁虫急了打屁

臭大姐,大姐大
臭气经久不息
你洗,你洗,你洗洗洗
你洗脱一层皮
臭气经久不息
类似狐臭
你洗脱一层皮
臭气经久不息

你这个小朋友
你不招它惹它
不就行啦

不是的
不是这么回事
我摘花
它跟花亲嘴巴
我拔草
它跟草说悄悄话
我走路,我发呆
它意外发生撞机事件

2022-03-13

跪搓衣板

惩罚不作为、乱作为
农民比皇帝
更有想象力
不消说
去,跪搓衣板

乖乖!刑具现成
方法简单
刑期可长可短
重罪行更重表现

可以面壁
壁上有可疑痕迹
可以面门面窗
东张西望
可以闭眼
眼不见心不烦
可以睁一只眼闭一只眼
可以学一学猫头鹰

可以学一学猫头鹰
一声不吭
飞不见了
不见了就不见了
等会儿回家见面
老的少的
睁一只眼闭一只眼

2022-03-13

观 棋 不 语

公鸡欺负母鸡

公鸭欺负母鸭
看家狗不管

吃葡萄不吐葡萄皮
哥哥姐姐不管

褂子掉个扣子
裤子破个洞
母亲不管

偷烟抽,偷酒喝
父亲不管

张三偷鸡,李四摸狗
隔壁老王不管

天要下雨,娘要嫁人
玉皇大帝不管

2022-03-17

山水人家

苍耳与金樱子
都是名门望族
住在山上
不住山下
据说是远房亲戚
一个个刺头刺脑
天不怕地不怕
天王老子招它惹它
都得付出代价

灯笼果与蛇莓
看起来柔弱无力
又有几分姿色
伊豆的舞女
想看看吧
想摸摸吧
不能尝
小心中毒

枸骨子
十足的野汉子
有匈奴人基因
城堡鳞次栉比
四角筑起炮楼
霸气侧漏
不输天牛

橡子有漂亮的帽子
圆溜溜的身子
好可爱的小孩子
陈早香的铅笔盒
悄悄收养了好几个呢

2022-03-18

大 马 路

见牛，不见马
偶尔见马家亲戚
落单的黑蚂蚁
结队的黄蚂蚁

胆大的蚂蟥过马路
费了很大力气
换块水田碰碰运气

杨树领着柳树
石子领着沙子
来此插队落户
也不清楚
是一阵子
还是一辈子

"赤脚医生"
"赤脚学生"
"赤脚大仙"
随处可见
赤脚的不怕穿鞋的
怕什么呢
怕只怕脚板上的老茧
不够厚呢

2022-03-20

一般而言

水田是生产队的
也是自然界的
泥鳅与黄鳝
鲫鱼与螺蛳
土生土长
安全是有保障的
春秋季节注意搬家
其他的不在话下

民房是农民的
也是自然界的
屋檐下的麻雀与蝙蝠
土生土长
安全是有保障的
至于燕子
是稀客又是贵客
请都请不来呢

龙港街上人来人往

蚁来蚁往
猫打老鼠的埋伏
老鼠打壁虎的埋伏
壁虎打蚊子的埋伏
蚊子打人的埋伏
都是讨一口饭吃
君子小人不分
该动口动口
该动手动手
一般而言
不会记仇

2022-03-20

山内山外

海带与带鱼
带来大海
海鸥与帆船
胡萝卜与西红柿
带来波斯人、印第安人
山里人胃口

一时难以接受
拖拉机大摇大摆
十足黑旋风脾气
吓跑家禽家畜
带来轰鸣与商品
农药与化肥
的确良与毛毕叽
一波又一波涟漪
晃荡七十年代中期

知青从山外来
不坐拖拉机
坐解放牌
一个个白白净净
高高帅帅
形象好
习惯不好
能不能吃苦受累
能不能一眼分清
小麦与韭菜
围观的乡亲们
偶尔问问
并非真正关心

2022-05-19

幸福记忆

泡米泡用红糖
煮荷包蛋用红糖
给产妇与病人补充营养
用红糖
不用白糖
不用葡萄糖

一斤红糖
可兑出一吨幸福
或者两吨、三吨
因人而异

蜜甜啊,幸福的人
飘飘然
身轻如燕
止不住呢喃

2022-06-20

打 水 漂

不花钱
也可以表演
也可以看表演
也可以不言不语
不驱动文字
只驱动顿号、逗句
疑问号、感叹号
驱动碰碰车车祸现场
驱动乡村少年
逃避课本、作业
锄头、扁担
暗淡与苦恼
逃进明亮的片断

逃吧！几米、十几米远
几个、十几个跳跃
与高高在上的那些人
与无处不在的地球引力
掰掰手腕

看,自己的手臂与力气
是不错的
眼光与运气
有时还是有的

打水漂
小小的涟漪
小小的风暴
小小少年
不经意间
明亮的片断

2022-07-03

被辜负的少年

钓鱼
没钓起红鲤鱼

捉蜻蜓
没捉过红蜻蜓

采兰花
没采到九节兰

骑牛
没敢骑大牯牛
骑母牛
还是别人扶上去的

跟陈早香同桌
偷看过无数回她的背影
不敢揪她的辫子
不敢偷看她的笔记本
不敢在她的铅笔盒里放青蛙

2022-07-16

清　　脆

同学们，听好了
下面造句
用"清脆"描述乡村

早春时节
一声声清脆的鸟鸣
敲醒了沉睡的乡村

嗯,不错
你家没养鸡养狗吗

昨晚我太饿了
偷偷打开奶奶的铁皮罐子
咬下一小块冰糖
清脆的声音
吓了我一跳

可怜的孩子
好大胆,好勇敢

冬天来了
家家户户屋檐下
挂满了冰凌
我伸手摘下来
使劲咬一口
又清又脆

好胃口!不讲卫生

小心拉肚子

2022-07-20

耳闻目睹

有草原,有牛羊
在辽阔的北方
有红豆,有甘蔗
在温暖的南方
有果脯
在首都北京
有热干面
在省会武汉
有3分钱一根的雪糕
在县城兴国镇
3分钱一根太贵了
一盒火柴只要2分钱

有番茄
又名西红柿
在姐姐插队的富水农场

番茄蛋汤

也是3分钱一碗

又红又黄

又甜又酸

既呈现了现实

又寄托了理想

2022-07-22

一口樟木箱

一口樟木箱

放在五斗柜上

不踩在凳子上

是够不着的

没有钥匙

是打不开的

一口樟木箱

一个人的心房

走亲访友

深入内室
一抬头
看见樟木箱
穿红衣裳
不穿绿衣裳
自带天然的芳香
不打开
也能闻到的
闻不到
也会想到的

里面有没有全家福
有没有传家宝
有没有几封远方来信
有没有当年的嫁妆
奶奶的、妈妈的
或者为女儿备下的
有心人
可以想想
可以问问的

一口樟木箱
一个时代的念想

2022-07-28

豇豆有一对长辫子

不种豇豆的菜园
不是好菜园
菜园的女主人
要么太懒
要么太笨
要么严重缺乏诗情画意

攀缘,依偎
练习芭蕾舞
豇豆有一对长辫子
有苗条的身体
起风了
翩翩起舞
风停了
原地休息
吃点喝点
辫子又长长一厘米

菜园是个好菜园

豇豆有一对长辫子

木槿花手挽着手

居高临下

细细观察

辣椒、茄子个子矮

踮起脚尖

看了又看

喂，兄弟

你是羡慕呢

还是好奇呢

2022-07-30

彭杨学校回忆

荷塘

水稻田

油菜花地

冬青树手挽手

挽住青葱岁月

跳一曲青春圆舞曲

为来往武汉与南昌之间的

南腔北调旅客送行

教室、黑板、玻璃窗
光线明明灭灭
语文老师刘道国
数学老师肖萍香
从一年级到五年级
都是他们教的吗
下回回龙港
问问他们
他们还住在老街上

大礼堂富丽堂皇
一边一幅画像
纪录浴血荣光
左边是彭湃烈士
右边是杨殷烈士
他们穿过腥风血雨
来到太平盛世
坚定，沉静
藏不住的欣喜

还有夯土的操场
烧柴的食堂
咯吱咯吱的阁楼

阁楼是个联合国
狭窄处住麻雀、喜鹊、燕子
宽敞处住乡下同学
一般有五六十个吧
它们与他们
是朴素的
友好的
和平相处
相互尊重
主权与领土完整

2022-08-23

龙港高中回忆

在无名山坡上
在梅家山怀抱里
就是不清楚
这个野小子
是梅家山亲生的呢
还是梅家山领养的呢

像一篇散文
像一篇杂文
又像一篇记叙文
时间、地点、人物
是清清楚楚的
教室与食堂
操场与宿舍
各就各位
梨树、桑树、枇杷树
水竹与冬青树
各就各位
偶尔交头接耳
不犯大的错误

不像一首诗歌
这座无名山坡
长牛筋草、马鞭草、狗尾巴草
不长鸡冠花、凤尾花
不长杜鹃花
当地人称满山红

2022-08-23

那山那水

紫云英不在了
耘田泡还在
安乐薯不在了
红花鳍还在
青春痘不在了
青春之歌还在
你看一个个老青年
你方唱罢我登场
一声又一声高低音
一串又一串荷尔蒙
还在

那山那水
还在
黄的桥
还在
黑的门楼
还在
钓完鱼

种好菜
说起薯粉蛋
一个个兴高采烈
说东道西
好像好多年前
不是好多年前
好像好多年前
就在眼前

2023-02-16

看见龙港

你有你的白内障
我有我的
你有你的中耳炎
我有我的
你有你的开心事、伤心史
我有我的
你看见的龙港
我看见的龙港
是同一个龙港

不是同一个龙港

出太阳的龙港
雨淋淋的龙港
流血的龙港
流汗流泪的龙港
吃红薯、咽白萝卜的龙港
营养过剩的龙港
说起孟嘉王质
一脸茫然的龙港
说起五万尖
南辕北辙的龙港
我们从哪里来的
我们往哪里去
暮色四合
吃着喝着
有没有谁
渐渐失去了兴趣

山高水长
田野无恙
港口呢？帆船呢
龙在乡言俚语里翱翔
天色一点点暗下来了
我说，在天黑前

点起一束火把

照亮亲爱的家乡

好吗？好呀

你说，你们一起说

好呀！好呀

点起一束火把

照亮亲爱的龙港

2023-03-01

忽 一 日

莲花湖

没看见莲花

金竹尖

没看见金竹

陶渊明来过富水吗

浩瀚长江

无数源头之一

他亲爱的外祖父

生长与安息之地

也许他来过的
流连忘返
流过泪，流过汗
留下优雅淡泊的诗篇

命运呀，光阴呀
不管不顾的雷霆风暴呀

我姐姐来过的
和一大群知青在一起
开荒，播种
灌溉，施肥
收获桃子、橘子
渺茫又朦胧的思绪

命运呀，光阴呀
不管不顾的雷霆风暴呀

逆流而上
登高望远
云雾与炊烟
龙港与洋港
童年与少年
一览无余
在677米的高度

我的黄昏
你的黄昏
她的上午

2023-05-14

城里的苹果

好看的女孩子
都进城了
好看的苹果
都进城了

有一年
我和同学们
从乡下进了县城
不是读书
不是做客
是到网湖修水利
路过县城

路过县城

见到好看的女孩子
穿着花裙子
花枝招展的
不敢细看

见到好看的苹果
倒是多看了几眼
摸一摸兜里
叹了口气

2023-05-17

老　谷　烧

老谷烧是如何烧的
操心的不多
如何喝呢
操心的不少

丰衣足食了
在龙港
操心比例大约是67％

你说三分之二
算上老弱病残
差不多
不算肯定不止

如何烧的
成传茂说用高粱
孙细梅说用稻米
陈歌说用粮食
陈歌你好
你巍然屹立
于不败之地

如何喝呢
想清楚再喝
得罪一桌子人
不想清楚就喝
得罪自己

2023-08-19

G2039 途经阳新

G2039 途经阳新
拖来一位阳新人
年过六旬
陈旧的肉体
疲倦的灵魂

拖来一些名词
一多半人名
一小半地名
拖来一些动词
以及动宾结构
拖来一些祈使句
快点！快点！
一些感叹句
真累！真饿！
一些疑问句
还不收工？还不放学？

拖来一辆板车

一边是幕阜山
一边是朝阳河
拉车的是爸爸
坐车的是妈妈
有时还有姐姐与弟弟
有时还有麻雀
有时还有萤火虫

2023-11-17

关于龙港人的六种比喻

苍耳
苍耳浑身是刺
惹不起躲得起
龙港人也是

金樱子
金樱子浑身是刺
小心翼翼剥去刺
肉蛮好吃
又甜又有营养

龙港人也是

松树
皮糙肉厚
歪七扭八
山上山下
组织性纪律性相对较差
好在不讲条件
不择水土
一身是宝
龙港人也是

红薯还有南瓜
跟松树差不多吧
命硬
山坡上,屋檐下
插一根藤
丢一粒种子
都能生根发芽
龙港人也是

龙港河
龙港人的母亲河
纳山溪而通长江
小河弯弯向西流

饮用，洗涤，灌溉
濯缨或者濯足
一律逆来顺受
三年五年八年
也会忍不住的
发作起来
那个又打又骂
那个哭天喊地
看什么看
还不躲得远远的
龙港人也是

2023-12-16

那抛弃我们的

那抛弃我们的
不是土地
是水泥

那抛弃我们的
不是鞭子

是扇子

那抛弃我们的
不是牛马
是马背上的传说
夕阳下牛的背影

那抛弃我们的
不是黄的枇杷
紫的桑葚
是微熏的暖风中
你和我
一刹那的犹豫

2023-12-17

丢 手 帕

可以擦汗擦泪擦灰尘
擦不了心病
可以绣花绣叶
绣不了珠光宝气

可以丢在地上
让别人捡
不该捡的人捡了
该捡的人走近了
一转身不见了

可以洗了又洗
越洗越薄
洗出经纬
洗出底色
洗出棉花与桑叶

2024-01-19

黄鼠狼没商量

你
你为什么偷鸡

因为鸡肉好吃
小心捉到打死你

你来呀
你来呀

你这个杀千刀的
你想吃鸡肉
山上到处是野鸡

山上的野鸡不好捉
山上的老虎、豹子不好惹

你
你这个杀千刀的

2024-02-28

杂草丛生

在乡下
乡亲们的爱
大于恨
情大于仇
一株杂草

一丛杂草
可以一代代活在
乡亲们眼皮子底下
田埂上，灶台下
墙边，还有房顶
堂屋的角角落落
祖坟的上上下下
大半年是绿的
小半年是黄的

杂草丛生的乡村
生机盎然的乡村
也有斩草除根的狠人
这些狠人有恨哪
恨自己
更恨别人
恨眼皮子底下的杂草
报仇雪恨
不费吹灰之力

这些狠人
是苦命人
是短命人
是混杂在草丛中的
毒草

毒草也是草呀
野火烧不尽
春风吹又生

2024-02-28

一日之计在于晨

早起的鸟儿有虫吃
早起的农民有水吃
早晨的虫儿
早晨的井水
早晨的露水
早晨的阳光
新鲜干净有营养
早晨鸡窝里的鸡蛋
一样
新鲜干净有营养

一娘生九子
九子九个样
起得最早的

第一件事是
偷偷摸摸到鸡窝
掏一个鸡蛋尝尝
他有想法，有办法
长大成人后
很可能成为商人
也可能成为诗人

2024-02-29

削　铅　笔

削铅笔不难
削好铅笔不简单
心要灵，手要巧
铅笔刀要足够好
至于美不美、贵不贵
并不重要

老同学、老朋友
想想过去吧
关于削铅笔

你有何回忆
有何心得

有没有削着削着
削断笔芯了
有没有削着削着
削到左手了
有没有削着削着
生气了
生气了一抬头
同桌女生望着你笑

2024-03-04

记忆温柔

露珠温柔
牛筋草上的温柔
狗尾巴草上的温柔
荷叶上的温柔
眼睛一亮的温柔

萤火虫温柔
飞在夜空的温柔
栖息在草丛的温柔
趴在蚊帐上
一眨一眨的温柔

流水温柔
柳条温柔
稻禾温柔
起起落落的蜻蜓、豆娘温柔
蠢蠢欲动的少年温柔
炊烟温柔
茅屋顶上的温柔
陶土瓦上的温柔
站在山上望家园
一瞬间止不住的温柔

2024-03-20

好 日 子

我们吃虾子,吃螃蟹

虾子、螃蟹很大的
我们吃萝卜，吃红薯
萝卜、红薯削皮的
我们吃大米
吃了上顿不愁下顿
一粒粒晶莹剔透
不掺一粒沙子的
好日子

穿衣服，穿裤子
没有一个破洞
没有一个补丁
没有新三年、旧三年
缝缝补补又三年
冷不丁想起来
好像过了一百年
草鞋不见了
布鞋稀罕了
皮鞋什么的
讲究品牌了
好日子

2024-04-03

想起马鞭草

马鞭草长在马路边
也长在田埂上、屋檐下
长在马路边的
瘦一些
也高一些
在风中,在雨中
还兴奋一些

半个世纪前
上学放学路上
不止一个同学
发现了这一点

2024-04-26

马从南山来

马从南山来
来到龙港老街
来到我的童年

这是一匹老马
心事重重的样子
也许有些开心事
也许有些伤心事
谁知道呢

马来到龙港老街
来到铁匠铺
换两双鞋子
来到中医院
讨几副中草药
来到马路边
对着杨柳枝
对着马鞭草
神神道道

没完没了

马从南山来
马回南山去
驮来一道虹霓
驮去一道闪电

2024-05-03

下　辑

一点点爱上这座城市

我在少年时走进这座城市
我在远游后回到这座城市
我把父母亲安葬在这座城市
我把青春期安葬在这座城市
这么多年
我彷徨、苦闷、憧憬、耕耘
一天天老去
在这悠久、大气、地灵人杰
略显粗糙的滨江之城

我曾在雨天伫立于喻家山顶
冥想往事、未来以及爱情
我曾在傍晚散步东湖岸边
带着一天天茁壮的儿子
一天天淡漠的雄心,以后
从一个院子到另一个院子
从江南到江北
有一种感悟无法诉说
有一种开始不容稍停

一点点爱上这座城市
当纸鸢高高飘在越来越蓝的天上
当风车稳稳转在越来越高的楼前
当上下二桥极目江天的辽阔
当走遍三镇聆听百姓的欢欣
当一种沉甸甸的责任
教我懂得并珍惜
坚定、执着、可贵的默默无闻

关于这座城市我知道多少
为了这座城市我做了多少
爱她的人
穷其一生
也没有止境

2004-07-26

西 北 湖

俊俏的模样,不声不响
清澈的眼眸,总不曾合上

挪不动的脚步,沧海桑田的故乡
秀发飘逸,遮掩半边腮红
华灯齐放,搅乱浮动暗香
身边的美人哪
你是下凡的仙女
还是山神走失的姑娘

在远处眺望,澄清红尘万丈
在身旁徜徉,吮吸大地芬芳
善解人意的春风
泄露了我的暗恋
美人哪,你笑靥如花
一瓣瓣盛开
擦亮游子遗失的梦想

2012-03-23

感动江汉

有一种文明,亘古不变
有一些美德,薪火相传
一条条溪水,汇成大海

一片片绿叶,扮靓春天

呼唤良知,传递温暖
感动江汉,岁岁年年

有一种崇高,来自平凡
有一些赞扬,传成诗篇
伸出我的手,风雨相伴
成就你的梦,彩虹在前

呼唤良知,传递温暖
感动江汉,岁岁年年

2012-03-25

武汉 2049

李强还活着吗
我不能肯定
也许他还能睁眼、喘气、活动、写诗
也许诗还像维生素或奢侈品
受人欢迎

武汉还活着吗
我当然相信
他头发会更浓密
皮肤会更光滑
骨骼会更坚韧
他更年轻
他更自信
他的一个举动、一个表情
会在世界引起足够大的回声

长江依然澎湃，东流入海
有锦鳞闪闪
有白帆点点
黄鹤归来
白鳍豚归来
它们的欢乐与笑容穿越时空
让不同肤色的人们流连忘返

祖国的立交桥更长、更宽
它风雨无阻
它无需等待
它披着缀满鲜花的绶带
光谷之光永不熄灭
它从容诉说光阴的故事
关于敢为人先

关于追求卓越
关于梦想如何破土成笋、化蛹为蝶
一个比一个精彩

来来往往,南腔北调
忙碌的人、怀旧的人、好奇的人
在江汉路、在归元寺、在昙华林不经意相遇
不经意相视一笑
他们在找
并能找到属于自己的美好
孩子们在梁子湖与萤火虫一起跳跃、奔跑
老人们在木兰山踏雪寻梅、极目远眺
在10月,这个武汉最美的季节
一场全球盛典在天兴洲举办

一定会有这样一天
那会是一场什么样的全球盛典呢

哦,朋友
请原谅
我不太清楚
真不是故意隐瞒
武汉2049
真的有点遥远

2013-11-30

栀 子 花 开

恍惚的端午节,眼前的一幕
不是在公园、庭院、郊野、山林
而是在放鹰台菜市场
亲眼见证了今年的栀子花开
错不了,是栀子花开了
一如从前,裙裾翠绿,脸庞白嫩
淡淡的清香不绝如缕,一如从前
"永恒的爱,一生守候和喜悦"
可爱的栀子花,可怜的栀子花
为什么在贪婪的年代依然绽放
身子贴紧身子,脸挤得变形
五个小姐妹随机组合成一件商品
我看见有的嘴张得大大的
是喘不过气来,还是无声抗议
有的小口坚定抿着,一副冰清玉洁的样子
也许她已知道命运,知道此时此刻
抱怨、哭泣都无济于事
一朵、两朵、一百朵栀子花开了
开在一手交钱、一手交货的放鹰台菜市场

开在蓬头垢面、气味浓烈的大块头艾蒿旁边
"艾蒿三块钱两把,栀子两块钱一把"
可怜的栀子花珍贵那么一点点
想当年身陷左贤王大帐的蔡文姬
是不是因为会吹奏胡笳
所以比随手掳来的女奴隶
珍贵那么一点点

2014-06-03

人大代表建议

当务之急
是让 PM2.5 浓度直线下降
稳定在 10 以下
像稳定的房价与血压
然后,百鸟翔集
凤凰来仪

当务之急
是让长江、汉江回到一类水质

如是，鱼翔浅底
招摇嬉戏

当务之急
是拆除所有的围墙
取而代之的
是木槿、紫薇与百合花

当务之急
是给汉口江滩绵延数十里的
芦苇，找一个伴
不不，找一群伙伴
水杉、木棉、薰衣草
还要征求松鼠和喜鹊的意见
它们喜欢什么
园丁就种些什么

当务之急
是让风筝和鸽子
都爱上朗诵诗篇
对着大地
对着天空
一遍遍朗诵
从《关雎》到《萤火虫》

所有，所有
与真善美有关的诗篇

2016-10-07

坤 厚 里

剧终之前
灯光师打了个哈欠
把聚光灯打到了看台角落
打到了坤厚里

一瞬间
强烈的光柱
照亮了雕花与花钵
古藤与藤椅
老花镜与万花筒
都镀上了金色
都被万千精灵簇拥
膜拜
暮色中
这一朵昙花庄严盛开

暮色中的坤厚里
远行游子如期归来
唯独声音例外
唯独声音
一走再没有回来

2016-11-01

一个人，又一个人

一

在庐山
我们散步，闲聊
俨然相识已久的忘年交
您说起连天烽火
一腔热血
蹉跎岁月
往事沧桑
在挪步园
我们挑灯夜战

纹枰对弈
直到天色微明
松涛低一声、高一声
在三角山
我们气喘吁吁
不约而同吟出
江山留胜迹
我辈复登临

后来
我远走他方
后来
您就更老了
然后就病了
我登门看望
一次在湖医二院
一次在同济医院
一次在您家中

后来的后来
就再也见不到您了

您背诵的古文
我还记得

您收敛的笑声
我还记得
您写给老先生的推荐信
我一直留在身边

二

您自信
您沉稳
您收放自如
您讲究穿衣打扮
头发一丝不乱
您爱惜自己的羽毛

您爱才
您被别人爱惜过
您爱惜过我

我和您谈天说地
我和您海阔天空
我在您面前一点也不拘谨

我们畅游欧洲八国
您神采奕奕

您健步如飞
您走得比一团人都快

郁郁葱葱的一片叶子
凋谢在神农架的夏天

天意莫测
人生无常
您嬉笑怒骂一应俱全的短信
我一直没有删
永远都不会删

2016-12-08

武 汉 来 了

一

上帝之鞭呼呼作响
无数生灵夺路狂奔
看哪，好一处两江汇流之地

白茫茫无边无际
他说
她说
他们说
此地甚好
就此歇歇脚吧

离格拉丹东五千多公里
离大东海一千多公里
左眼洞庭,右眼鄱阳
他说
她说
他们说
此地甚好
就此歇歇脚吧

武汉来了

二

大泽蛮荒
袅袅炊烟
过日子的人

离乡背井
点点孤帆
闯生活的人

一鸣惊人
一飞冲天
不服周的人

九省通衢
四海一家
一方水土养一方人

武汉来了

三

洪水退后
沃野来了

大树倒后
大楼来了

南征过后
北伐来了

硝烟散后
鸽子来了

赞歌唱后
民谣来了

前一页翻过
后一页来了

武汉来了

四

从格拉丹东到吴淞口
6300多公里

从武汉到大武汉
有多少公里
从大武汉到伟大武汉
又有多少公里

从传说到蓝图
有多少公里

从蓝图到现实
又有多少公里

武汉来了

五

问问他
问问她
问问他们吧

那些撸起袖子的人
那些卷起裤子的人
那些埋头苦干的人
那些风雨兼程的人

我在他们之中
我每一次抬头
都看见了彩虹

武汉来了

2017-04-14

一枚杨树叶凋零了

一枚杨树叶凋零了
在立秋后的第三天

立秋了
大雁往南飞了
您飞过18000公里
从波兰、俄罗斯……
飞回春潮涌动的土地
11天
飞过18000公里
载满使命、收获与疲惫

那一天中午
我端着餐盘
坐在您身边
我们谈了公务
谈了健身
我们一同散步
到大院门前

那一天天气很好
您气色不错
打个比方吧
就像我们伟大祖国的
这一枚杨树叶
历经风吹雨打
依然生机勃勃

一枚杨树叶凋零了
在立秋后的第三天
在分手后的四小时

晚上六点、七点、八点
九点、十点、十一点
消息与惊愕
汇聚与忙碌
无语与泪花
六医院与远水远山
一枚生机勃勃的杨树叶
凋零了
透彻骨髓的寒意
一阵阵袭来
我们围在您身边
多想

却不能
输给您 37℃的温暖

一枚生机勃勃的杨树叶
凋零了
一场奔波
停步了
一面明镜
破碎了
一个与热爱、执着、奉献有关的人生故事
传开了
从白云黄鹤的故乡
到伟大祖国的四面八方

2017-08-10

高 山 流 水

流水从高山逶迤而来
从汉阴来到汉阳
江汉朝宗
携手在此

一路风餐露宿
据说走了七天七夜

落花、漂木、货物、书生
从高山逶迤而来
南腔与北调冲撞
一次次冲毁了龙王庙

在冲撞中
一头牯牛走失
深陷于北岸的淤泥
让汉口的暴发户
捡了个大便宜

一只黄鹤受惊
冲天而起
留下数根羽毛
擦亮崔颢与岳飞的诗句

自晋至楚
从古到今
琴声从缥缈处逶迤而来
月湖春心荡漾
一朵并蒂莲庄严盛开

神龟逗留在江边
抬头望天
低头冥想
它眨眨右眼
长江水涨了三尺
眨眨左眼
汉江水落了一丈

2018-08-14

知 音 号

旗袍与西服
挑逗与矜持
蓝的光
倒走的钟表
穿越不停
越过民国
停在聊斋

在动
在笑

在柔弱地活
稀薄地活
哦，多像我的父母
他们也曾背井离乡
把青春寄存在民国

蓝的光
倒走的钟表
他们努力在动
在笑
努力增加一点热气
努力挣脱画皮

木墙、木门、玻璃窗
隔开时光、饥荒与刀枪
蓝的光
倒走的钟表
我年过半百
迟迟不能入戏
也许我从来如此
古板又迟疑
也许我没有真正年轻过

2018-08-28

红 T

红T替换了内衣
红砖替换了水泥
电脑替换了剪刀
供应链替换了流水线
胡爱娣替换了胡爱娣
哦,我不是胡说
升级版的胡爱娣
替换了创业版的胡爱娣

栽一株香樟
柔软时光
留一根烟囱
对话苍穹
黎明即起
洒扫庭除
地板地毯干干净净
走去走来新新人类

我说老严老蓝老彭
还有六渡桥的老帅哥
王心耀
在无边的喧嚣与躁动中
在无穷岁月的缝隙里
这多么好
我们放慢又放松
这多么好
年过半百的主人客人
品茶又品酒
云淡又风轻
说起生活中的小插曲
大不易
还有几位70后80后
礼貌又疏离
还有梅花桂花杜鹃花
静静地成长
静静地等来
自己的开花季

2018-09-27

这是我美丽的江大

一鸣桥畔的荷花
未名山上的虹
经历了多少风和雨
光彩与众不同

这是我美丽的江大
青春无悔的家
我们在这里成长
从这里出发

当初立下的誓言
心底珍藏的梦
走过了千山与万水
不改天真从容

这是我美丽的江大
青春无悔的家
我们在这里成长

从这里出发

2018-03-13

乌云滚滚

乌云滚滚
蚂蚁匆匆赶路
它们推着粮食
往家里赶
更卖力一些
它们空着手
往家里赶
步子再快一些
它们不抬头

它们不抬头
也知道乌云来了
也知道乌云来了
不是来做慈善的

乌云滚滚

从武昌到汉口到汉阳
不动产们一动不动
太胖了
挪不动
也无处藏身
只好一动不动
一副死猪不怕开水烫的样子

2018-05-22

素描晓苏

吉时已到
晓苏上场
大热天
微胖
穿黑衣裳

他喝一口茶
撒一地油菜花

他口若悬河
他滔滔不绝
他讲别人的女人
他把别人的女人
剥得干干净净

他穿黑衣裳
讲黑俊
讲传说中的山大王
其实是一只病猫
讲砖头忍无可忍
病猫成了死猫

他讲别人的女人
不讲自己的女人
不讲酒疯子
不讲花被窝
不讲野猪？

野猪凭空捏造
子虚乌有
从桂子山
潜回油菜坡
先害死了一个人

又害死了六个人

2018-05-31

等等我呀,武汉

怯生生的
牵着母亲的衣角
上跳板
坐轮渡
从汉阳门
到王家巷
天低吴楚
汉口巍峨
哦,武汉
我有点怕你
那么宽的路
那么多的车
过街好比过关
我有点喜欢你
两分钱的冰棍
三分钱的雪糕

都是我喜欢的

15路车从关山口到汉阳门
16路车从汉阳门到任家路
弟弟去见姐姐
姐姐来看弟弟
这大约走了个"之"字形吧
灰房子
红房子
梧桐树
惊起的鸽子
稻穗,还有藕花
青春寄托在青春的记忆里

14路车从博物馆到汉阳门
哦,离不开的汉阳门
先是一个人
再是两个人
然后是三个人
哦,武汉
如果说
我不爱你
不如说
我不爱我自己

武昌 17 年

汉口 15 年

汉阳 4 年

等等我呀,武汉

美好的画卷

次第展开

我曾在画中迷路

曾经流连忘返

曾经挥汗如雨

穿针引线

绣花

绣高楼

绣 CBD

绣宜业宜居

绣每天不一样

绣武汉 2049

不知老之将至

匆匆走近耳顺之年

等等我呀,武汉

3500 年了

黄鹤老了

白鳍豚也老了

你总也不老

伯牙老了

李太白也老了
你总也不老
你精神抖擞
你坚定自信
大步流星
等等我呀,武汉
我要跟上你
跟紧你
借你的光芒
照亮自己的下半生

2018-09-10

我们的军运会

一

圣火美过战火
流汗好于流血
拼命不会丧命
上校,皮奇里洛上校
庄严地点点头

士兵,理解万岁
你智商、情商不低

上校英俊潇洒
上校派头十足
指挥少将、中将、上将
参加武汉演习
将军们,请注意
我要讲话了
你可以听
可以不听
但务必保持肃静

二

和平、和平、和平
古老的物种
一度濒临灭绝
我们都是幸存者的后代呀
黄皮肤、黑皮肤、白皮肤
我们、你们、他们

和平、和平、和平
发音要准
吐字要清

要扫清戾气
要有十足的虔诚

要记一辈子
还要传给下一代人

三

好山、好水、好地方
友好强大的中国
10天的好时光
朋友呀，朋友
不打不相识的朋友
南美还是盛夏
北欧已是隆冬
马赛马拉的角马、瞪羚
紧张忙碌迁徙
在武汉丹桂飘香的深秋
你收获了什么呢

请带好你的随身行李
带好金牌、银牌、铜牌
带好彼此交换的礼物
带好吉祥物兵兵
请记住长江、东湖、黄鹤楼

请记住小水杉
嫩绿洁白的小水杉
记住他们的笑容与服务
他们是你们的同龄人
可能年轻一点点

请记住热干面
忘了也没关系
你的味蕾
会不时提醒的

请记住武汉
记住战乱后的新生
记住止戈为武的誓言
朋友，相信你自己吧
相信目睹的繁荣与美丽
友好与自信
一切的一切
都是真实的

2019-10-28

致敬芦苇

忍耐与顺从是必要的
柔弱比刚强更有力量
致敬芦苇,不认命的芦苇
一条心活下去
活了无数世纪的芦苇
活在五大洲的芦苇
像蚂蚁、蝴蝶一样柔弱
不管不顾、生机勃勃的芦苇
你们活过了秦风
活过了汉赋
唐诗还有宋词
你们一定会活过
眼下活得好好的
这一拨崭新人类

像传说,像我们的祖先
你们漂泊、迁徙
无所谓他乡与故乡

一点点水与土
一点点空气与阳光
足够了,不再奢求
一棵芦苇
一片芦苇
一个家族,一个部落的故事
就此开始
蔚蓝色星球
生命与大地母亲的赞歌
演奏序曲

年年诞生,岁岁死亡
随遇而安,不假思索
哦,我们多么无知
我们看见的不过是假象
我们看见的只是
青葱与枯黄
倒伏与飘扬
看不见地下的蔓延与积蓄
烈日里寒潮中
平稳的呼吸
自由的歌唱

致敬芦苇

一小部分芦苇
一小部分人类
比邻而居在江汉之滨
一年一度
冬至前后
我们相约十里江滩
感恩水与土
空气与阳光
为人与自然和谐相处
举办盛大婚礼
看哪,这一边的灰白与枯黄
那一边的依偎与凝望
有风与汽笛掠过江面
有温暖与芬芳洗涤彼此
有神秘天使飞去又飞来
若隐又若现
给这盛大婚礼
带来珍贵的祝福与安慰

2018-10-16

芦苇花开

一

白露、秋分
寒露、霜降
漂泊的一族
相约返乡
相约溯江而上
回到一轮月光

三月孤帆
去了扬州
夜半客船
去了姑苏
长江亘古奔流
载不走一方乡愁

二

长亭、驿站

港口、码头
天哪！这么多的人
相识的人
相似的人
相逢在路上

多少人相约赴死
可曾经过天堂
多少人相约求生
可否绕开地狱

三

风在空中荡漾
风是秦风
人在地上徘徊
人是汉人
芦苇一群群
肩并着肩，手挽着手
低吟，或者默诵

蒹葭苍苍
白露为霜
所谓伊人
在水一方

沧浪之水浊兮
可以濯我足
沧浪之水清兮
可以濯我缨

四

说到黑
习惯说乌黑
说到白
习惯说雪白
说到冬至日的汉口江滩
习惯说雪白的芦花
绵延的雪景

不学无术、自以为是的人哪
芦苇只结穗
而穗子是灰白色的

求生的人上不了天堂
赴死的人下不了地狱
无数你我奔波在灰白的人世间
湮灭在灰白的人世间

五

岁岁枯荣
生生不息
无家可归的吉卜赛人
四海为家的吉卜赛人
打散了又聚拢的吉卜赛人
在刀剑上绣出花朵
在轮回中贴上金箔
让笨重的城市长出翅膀
忽高忽低地飞

单薄的芦苇
空虚的芦苇
被好人抚爱，被坏人糟蹋的芦苇
结灰白穗进造纸厂的芦苇

蒹葭苍苍
白露为霜
所谓伊人
在水一方

2016-12-08

致莘莘学子

我希望
你们是平静的

平静地迎接
不同的阳光与风雨
经受住爱抚与鞭策
锻炼与鼓舞
可以有小小的躁动
昙花开了
狮子座流星雨来了

我希望
你们是踏实的

把根扎深些,再深些
深入本质与真相
啜饮清洌芳香的甘泉
赢来枝繁叶茂
郁郁葱葱

看，同样的土地
同样的周期
大不一样的这一棵
那一棵

我希望
你们是快乐的

你长高了、长壮了
应该快乐呀
你看清了、看远了
应该快乐呀
你如愿长出了一双翅膀
你想笑，就大声地笑吧

平静、踏实、快乐
是我最初的也是最后的
叮咛与嘱托
可以随手删去
要记就请记一辈子

2019-04-24

车过中山公园

你谈天文
谈到神秘的大佛
我谈地理
谈到落实之难
当时天色尚早
我们谈兴正浓
不时哈哈一笑

当时光阴未老
你丰腴的妹妹
危坐，浅笑
尚未踏上逃亡之路
尚未经历煎熬

2019-10-09

车过西北湖

但存方寸水
留予子孙闲
好诗，好诗
西北湖表面沉寂
水底暗流涌动

有一回广场活动
PM2.5 浓度直逼 350
停，还是不停
宝宝心里苦呀
有苦说不出

又有一回更可怕
打威虎山来了个东北人
说好风水
浪费可惜
不如借水生财
我的个乖乖
大祸临头也

好说歹说
终于保住一池清水
相依为命的鱼与虾

2019-10-10

车过前进五路

一段传奇
耸在路口
仰望的人
渐渐少了

一篇未定稿
摊手摊脚
没完没了的日光浴
乐得自在逍遥

现实民生福利
各种烧与烤
人肉情未了
老板,再来 10 串
多放点辣椒

说好的水塔公园呢
大导演与大主角
一拍两散
一位在彩云之南
一位在清源之湾

2019-10-15

车过香港路

城头变幻大王旗
老大王呢
去了哪里

那份垂头丧气
那种谈天说地
二十年庆典
巨贾鸿儒
穿梭往返
挥金如土
指点江山

我也曾目瞪口呆

2019-10-15

车过汉口火车站

金墩、银墩
此地属于常青
主人你去哪里
提醒对号入座
愿你前程似锦

兔子、兔子、兔子
三五成群的兔子
一度濒危的兔子
貌似否极泰来
部分恢复了元气

狡兔离不开走狗
一个、两个、三个
三个属狗的家伙
一个也不见踪影

莫非厌倦了风波
索性遁入了空门

2019-10-16

诺亚方舟

一

70年前
战士王成呼喊
向我开炮
70年后
院士王辰呼喊
向我开炮

他们都姓王
他们都是
共产党的好儿子

二

王辰院长与张定宇院长肩并肩
走在前面
走在 2 月 3 日深夜
走在武汉客厅
对面就是金银潭医院

稀稀拉拉的人
越来越多的人
围拢过来
他们攥紧拳头
激烈讨论着什么

我和他们走在一起
我们不停地说
兄弟们,快点干哪
洪水来了,浊浪滔天
我们要造一艘又一艘
诺亚方舟

哦!朋友
我可不是旁观者
我毫不犹豫

干了我必须干的
我没有逃跑
没有哭泣
我争分夺秒
干了我必须干的

三

床在哪里？被子呢
隔板、电线、插头在哪里？工人呢
三区两通道在哪里？设计师呢
夜越陷越深
电话与车轮不时响起
疲惫的身体
充血的眼睛
机械挥动的手臂
朋友，这不是搭积木
不是拍戏
这是造诺亚方舟
救苦救难的诺亚方舟

四

快一点，慢一点
四十八个小时左右

东西湖方舱、江汉方舱、武昌方舱
4600个床位
大功告成了
医疗队接管了
一批批患者入驻了

风吹过来吹过去
吹动一丝丝欣喜
抱歉！不幸中招的亲人们
将就一点吧
如此简陋
将就一点吧
快收快治
救命要紧呐

五

我算服您了！王辰
不满意的王辰
不休息的王辰
不放心的王辰
写写算算，喋喋不休
对着指挥长、副指挥长
水手与船长
皱紧了眉头

确诊、轻症
生活能够自理
小于 65 周岁
中西药为主
最多肌肉注射
一日三餐、人文关怀
工作专班、应急预案
临时党委、病员党支部

六

战地黄花，多美
片刻的宁静，多难得
2月6日晚餐后
我们在高楼对江而坐
小口啜饮生普
看浩瀚长江
丝绸般漾动
仿佛灾难过去了
仿佛灾难没有发生

我们还听了一会儿
配乐诗《潮水来了》，我写的
唉，潮水呀潮水

你何时退去呀

2020-02-10

多好的五一节

有五天假
有花
有月季
有月见草
有小龙虾
脱下油渍渍的裤子
有白白嫩嫩的屁股
多好的五一节

多好的五一节
一级响应降为二级
很快会降为三级
活着的人
确诊过的
疑似过的
基本恢复了正常呼吸

多好的五一节
长江、汉江流域歌舞升平
还没有外敌入侵
栀子花、木槿花扎着蝴蝶结
还没有发出尖叫
来,坐下来
让我们屏住心跳
专心致志
亲吻小龙虾的白屁股

2020-05-03

五月的二月蓝

五月的二月蓝
绿色的海洋
小小的帆
干干净净的海魂衫

声势浩大的舰队
哪里去了

也许去了百慕大
也许去了崖山

谁的帆
谁的海魂衫
五月的二月蓝
蔚蓝色星球
孤独的、唯一的、不容置疑的
蔚蓝色的存在

2020-05-21

大 路 朝 天

养好孩子之前
先养好母亲
让黄皮寡瘦的土地
吃好，喝好
恢复灵性
村主任，你是好样的
有远见
又有耐心

越过江西、安徽、江苏
从舟山群岛
舀来东海海水
养正宗的基围虾
村主任,你是好样的
有远见
又有耐心

低洼处种荷花
平坡种葡萄
向阳的高地上
种下希望
房前屋后不可荒芜
能长什么就长什么吧
村主任,你一声不吭
又在琢磨什么呢

大路朝天
不一样的风景
在江夏区
法泗街
大路村

2020-06-20

在马影河畔

芒种过了
梅子熟了
梅子熟透了
梅雨没有消息

在马影河畔
深紫色梅子落了一地
浅紫色梅子摇摇欲坠
梅雨仍然没有消息

梅雨去了哪里
梅雨去了别处
别处可能有梅子
也可能没有梅子

2020-06-23

礼拜溵水

从河口出发
谁家的少年
执意南下溵口
九十公里
风餐露宿
也许走了一天
也许走了一夜

走吧
路途并不孤单
梅店的野小子
赶来汇合
院基寺、夏家寺的小沙弥
偷跑过来的更多
还有打西边来的
赤条条的
不用问
肯定来自沙河

过坝、过闸、过双凤亭
过不甘心与不容易
过女英雄与老水手的传说
在陡马河边
谁把栏杆拍了三遍
惊动了晓风残月
灰白鸥鹭
黄绿波澜

2020-07-03

话 说 新 洲

倒水、举水
大别山的两行泪
清澈、苦涩
湿润了母亲的
脸庞与衣裳

多好！忘不了
有塘、有湖
有店、有街

有集、有埠

有阡陌纵横

有风云传说

有问有答

似乎答非所问

农人与夫子擦肩而过

各有各的活法

各有各的命

有凤凰

家住仙人洞旁

朋友呀

你来新洲

可曾耳闻

可曾目睹

2020-07-09

唤 醒

用八月江豚的跳跃

唤醒五月的梅花

三月的帆影
一波又一波
热爱武汉的心情

用街头巷尾生机勃勃的
月季、紫薇、三角梅
唤醒蓝天白云
在此流连忘返
发誓成为永久居民

用口罩
唤醒眼睛
唤醒观察与发现
看哪,这太平盛世
勤劳幸福的人民

用熙熙攘攘
唤醒放心与繁荣
唤醒警惕
沉甸甸的责任

用好山好水
唤醒千里迢迢
南腔北调
一次次,你我他

心动不已的旅程

用镜头与诗歌
唤醒战场
难忘的战斗
看不见的战线
战友还在坚守
硝烟尚未散尽

2020-07-13

在水一方

黄花涝
不见黄花
黄花移民天门
白沙洲
不见白沙
白沙落户阳新

斗转星移
沧桑大地

鹦鹉洲头的鹦鹉

黄鹤楼上的黄鹤

去了哪里

祢衡与崔颢匆匆来去

来不及揭穿谜底

龙王庙

不见龙王

见一缓坡、一矮楼

三五梅花桂花

轮回开了谢了

白鸽子、灰喜鹊

结伴来来去去

2020-07-15

地 理 课

长青不是常青

中间隔条张公堤

李家集不是李集
中间隔着滠水和倒水

珞珈山不在珞珈山街
街上没有老斋舍

沙河看不见沙湖
盈盈一水间
默默不得语

凤凰山、凤凰巷、凤凰镇
风马牛不相及
疑似等边三角形

金口与金水
倒是一母所生的两兄弟
哥俩一争吵
江夏不好了

2020-07-23

听说有萤火虫

听说有萤火虫
在每天不一样的武汉

听说过好多次了
在湖畔、公园、农家小院
这一次
是听刘永东说的
在小雪后的八吉府江滩

芦苇花灰
芦苇花白
白鹭、须浮鸥翩翩起舞
也许有什么神秘力量
也许听说了好消息

听说有地外生命
听说有来世
听说黄河会变成清江
黄鹤会回到长江

听我说，朋友
好消息肯定不止这些

听我说，朋友
灾难会过去的
梦想会实现的
2021年芒种前后
傍晚，最好深夜
来八吉府江滩约会萤火虫吧

2020-12-06

2020年的苹果

今天是平安夜
晚七时例行会议
孺子牛集体起义
呼吁主持人
实行革命人道主义
给每人赠送一个苹果

哦！他们的平安夜

我们的苹果
2020年的苹果

2020年的苹果
不是贞玉、明吉栽种的苹果
不是周铁杉眼里
愤怒的苹果
不是乔布斯手上
闪金光的苹果
不是筷子兄弟、筷子姐妹
载歌载舞的苹果
不是国光
也不是红富士
是中国的苹果
是2020年的苹果

2020年的苹果
庚子年的苹果
逢凶化吉的苹果
浴火重生的苹果
它属于每一个中国人
它是不朽的苹果

几天前的武汉诗歌节
诗人们久别重逢

相谈甚欢
舒婷的木棉
杨克的石榴
张二棍的山药蛋
弱水吟的马铃薯
相谈甚欢
他们没有谈到苹果
他们开心地聊
会心地笑
空气中满是苹果香气
芬芳馥郁的苹果香气

今天是平安夜
晚十时步行回家
带着一身疲惫、焦虑、不踏实
一阵阵西北寒风
一轮轮皎洁月色
一个若有若无的苹果
2020年的苹果

2020-12-24

育种三人行

谈起种子
贺亚非非常兴奋
我的西兰苔
是了不起的
可凉拌,可烹饪
可做饮品
可做保健品
比薛宝钗好看
比林黛玉能干
它是西兰花与芥蓝
狂野之爱的结果

丁俊平有一个好舅舅
他的红莲型杂交水稻
有一个好势头
他从深圳潮头
降落田间地头
乍一看,还真像老农民呢
小满后的某一天

他穿着黑 T 恤衫
抖落一地阳光
颗粒呈现饱满

时间来到 12 月
中旬
王汉中光临农博会
不好了!出事了
人类男性生殖能力
持续下降了
看图表,看论文
难道质疑我的院士身份
怎么办?简单
用我油料所创造发明的
硒滋圆 1 号哇

2020-12-29

阳台绿洲

阳台悬挂在外立面
像个受委屈、生闷气的家人

像乡下人进城
走了不该走的亲戚
像相册
越来越粗糙的你
多久没翻看了
多久没眺望
天上的星辰
家乡的喇叭花了

我说,一个诗人说
不如心动又行动
造自己的阳台绿洲吧
趁天色尚早
大洪水、沙尘暴尚未来临
造自己的阳台绿洲吧

一平方米也行
三五平方米足够奢侈
种子必需
土的洋的都欢迎
水与土
父亲与母亲
阳光不时光顾
像徐志摩
悄悄地来

悄悄地走

可以养眼
可以养胃
可以养蝴蝶
和蝴蝶淘气的表弟
七星瓢虫
可以养
一个人的寂寞
两个人的心动
一家人的天伦之乐
可以让不可以
成为可以

我说,一个诗人说
可以让阳台复活
闪亮登场
占据C位
成为灵魂的栖息地

2021-01-07

天兴洲畅想

长江之子
蝴蝶之心
大武汉一百年、一千年
不变的表情
天兴洲
你可曾留意
可曾涉足

关关雎鸠
在河之洲
说的是天兴洲吗
清风偷情明月
芦荻戏弄江豚
瓜田李下
红杏出墙
如此风流艳遇
听说经常发生

梅妻鹤子

龙生九子
听说窗外的长江
有 67 个孩子
前头有百里洲、天鹅洲
后头有八卦洲、太平洲
不前不后、不大不小的天兴洲
人们都说你
是个野孩子

不如给它加冕吧
建设长江公园如何
让母亲歇歇脚
让游子上岸停留
让格拉丹冬的星光
大东海的波涛
在此珍藏
让古今对话
让文明变得可持续
让学生们放假
来这里发呆、遐思
寻找未来
让坐轮椅的人眼睛一亮
挣扎着站起来
让白帆串起流云与细沙
让黄鹤归来

成双成对
翩翩起舞
祝贺这美丽新时代

让传说成为佳话
让美梦成真
让沉睡千年的天兴洲
醒来,一跃而起
成为天兴之洲

2021-01-10

说吧梅花,说吧武汉

穷人家出身
空着手
就出门了
找块墙角、堤角、山坡地
就安家落户了

能忍
忍饥饿、冷漠

突如其来的厄运
一连串的磨难
譬如刚刚过去的
不忍回首的
庚子年

敢呐喊
在萧瑟中
在禁锢中
惊天动地的一声呐喊
芬芳四溢的一声呐喊
蜜蜂听见了
狗尾巴草、三叶草听见了
梅园与梅岭
在除夕夜醒来
亲爱的武汉
在初一——大早醒来
一头撞开了崭新的春天

2021-02-12

春 分 了

梅花开过
樱花开了
长江边的垂丝海棠
消泗乡的油菜花
花花世界了
春天端坐在牛背上
看看，闻闻
走出三站路了
春分了

春分了
虫子醒了
种子正在揉眼睛呢
农民们过完了年
放下了筷子
懒洋洋地拿起了
比筷子大一些的物件

春分了

雨淅淅沥沥
像从前的爱情
大部分落在乡里
小部分落在城里
零零星星的几滴
滴落在诗人们的手心里

2021-03-15

在 刘 嘴

一

动腿
从天子冲、七里岗、青石桥
牵着木兰湖青绿色衣衫
一路信步走来

动手
交换此刻的
力度与温度
然后各取所需

各得其所

动嘴
来到刘嘴
心照不宣
主要戏份就是动嘴
人有四两
嘴有半斤
是吧主任、主席
是吧名医、名师
是吧勾肩搭背的
后勤总管与退休人员
江山易改
本性难移呀

二

在亚洲
说到非洲
在木兰湖畔
想起维多利亚湖畔
想起了龙舟赛
想起了王可
王可比我们小
比我们白

他到乌干达三年了
还是比我们白

美好的旅途
总是丢三落四的
从前如此
眼下也如此
我们重走了一回恩德培、坎帕拉
绕开了开普敦、约翰内斯堡
亚历山大、开罗
路过了多哈、亚的斯亚贝巴
约上了王可
丢下了夏婷亚、郭秀丽、欧麦尔
我们找回了埃及雁
金合欢树上的埃及雁
我的、你的，还有她的
遗忘了柠檬桉、爆竹花、垃圾鸟

三

后有葱茏
前有荡漾
春天不由分说
抱起了刘嘴
抱起了我们

四片叶子的三叶草
你爱吗
你去找吧
还有芫花
紫白映照
如此素净又妖娆
平凡的世界
有星星点点的杜鹃花
红了
红在木兰姑娘的腮颊上
三两株山莓
发新芽了
从我的家乡龙港
随我来到了刘嘴
有透明的风
从记忆深处吹来
吹动了我
也吹动你们了吗

2021-03-23

凌 波 门

门外的武汉
门内的大学
进进出出之间
天色渐渐黯然

门外的碧波与曲径
门内的青苔与落樱
四个美美的小伙伴
你一回回约会了谁

门外的盐
分解又化合了
门内的糖
消化吸收了吗

门外的仁者
亲信了吗
门内的智者

杳如黄鹤了吧

2021-09-02

昙 华 林

六百年光阴
开了又败
败了又开
最好的花期
该来就来
东南风、西北风
该来就来
一朵花开
一朵花败

一千米黑洞
一千米万花筒
螃蟹岬的狼狈
花园山的从容
传说与风景
闲情与生意

约会与意外
等式与不等式
碰撞在一起

昙花与碧玉
黄鹤与烟火
新生与复活
昙华林与昙华林
碰撞在一起

2021-09-05

万里长江V渡

黄鹤飞走了
白露光临了
白鳍豚失踪了
江豚回家了
夏汛接着秋汛
揪心带来安心
风雨后的彩虹
飞架在一桥二桥之间

多壮观,多美丽
无与伦比
无与伦比的安慰
无与伦比的鼓励

风雨后的彩虹
映照了英雄城市
映照了英雄人民
映照了万里长江Ⅴ渡
这勇敢的一小群人

从右岸到左岸
从上游到下游
循环往复,以至无穷
这勇敢的一小群人
以一尾江鱼的姿势
致敬长江母亲
以无言的无畏
注释英雄的含义

万里长江Ⅴ渡
视天堑为坦途
履波涛如平地
渡过了激流、漩涡
犹豫、放弃

疲惫、孤寂
坚持就是胜利
终点就在前面
伙伴就在身边
他们一个个
都是好样的
他们是朋友
更是战友

万里长江Ⅴ渡
搅动一池秋水
惊起一滩鸥鹭
似神龙见首不见尾
某个诗人提议
在大武汉的编年史上
应当记载这件小事

2021-09-12

大 东 门

关山口吞吞吐吐

吴家湾、马家庄、鲁家巷
旧瓶子倒空了
装了新酒
卓刀泉
四顾茫然
刀呢？泉呢？
车过洪山
灿烂迎面扑来
华师比较华工
注重穿衣打扮
隔壁有商场与书店
宝通寺
小隐隐于市
擦肩而过
一次又一次
傅家坡
有长长的缓坡
目测一下
大约15度的夹角
也许30度的夹角
我各门功课中
最糟糕的是数学

雨过天晴
柳暗花明

前面来到了大东门
偌大的大武汉
偌大的十字路口
让一个乡下人
胆战心惊
徘徊不定
北上？东渡？
西游？南行？
在上世纪八十年代
某个黎明或黄昏

2021-09-15

占 山 为 王

珞珈山、喻家山
马房山、南望山
狮子山、桂子山
从前有座山
山上有座庙
庙里有个山大王
50年、100年

梦中依稀慈母泪
山上飘扬大王旗

占山为王
底气何在
左手大楼,右手大师
左手图书馆,右手实验室
谈笑"985",往来"211"
抬头碰上"双一流"
优青、杰青、两院院士
我校以打计算
你馋不馋

天选之城
山水之城
大学之城
世上好语书说尽
天下名山僧占多
倒车,请注意
此僧非唐僧
非宋、元、明、清僧
西风东渐,面目一新
此僧无非赛先生

2021-09-16

盾构机之歌

近看像鲨鱼
远望像穿山甲
比喻成变形金刚,不好吗
小朋友更有想象力

最牛地下工作者
大武汉的大功臣
有勇气,有力气
任劳任怨好脾气
一边吃,一边吐
天生一副好胃口

我来了
去你的

过关
过熔岩
过淤泥过顽石
过长江过汉江

过万花筒

过暗物质

长夜漫漫

这里的黎明静悄悄

9线,240站,360公里

到年底430公里

29位无名英雄

埋头苦干

一个个黑汗水稀的

一个个都是国产的

2021-09-16

盘龙城寻根记

潜龙、盘龙、飞龙

龙从哪里来

到哪里去

簋、卣、瓿

豆、鬲、爵

圆鼎、玉戈、玉璧

完整的龙鳞
一堆堆碎片
清晰可见
先人们的智慧与艰难
清晰可见
不用万语千言

皇天后土
水漫金山
作坊、宫城、墓地
劳作、警惕、安息
一条狗忠心耿耿
从人间守护到阴间
在李家嘴二号墓地

怪物件、生僻字、稀奇事
假期的一次穿越
兴奋、麻木、疲倦
龙的传人结伴而行
交替变幻三张脸
若无若有
若即若离
根哪！根吗
根在哪里
在眼前吗？在脚下吗

根在基因里呀
3500年了
基因一脉相承
多少有了些变异

2021-10-07

秋之珞珈

真好
该走的走了
该来的来了
赤橙黄绿青蓝紫
各有各的欢喜

真好
老斋舍迎来了新主人
一本新书翻开了第一页
一首新诗写下了第一句

真好
凌波门云淡风轻

门内的大学
有安静的书桌
门外的武汉
已凤凰涅槃

2021-10-10

大武汉 1978

阿凤、阿莲、阿平
20、19、18
三个新洲姑娘
第一次逛武汉
1978 年

搭车乘船
来去三天
东来顺旅社
长江大桥
中山公园
归元寺
都是第一次

点蚊香
洗淋浴
写七绝三首
证明到此一游
都是第一次

千难万难
难忘武汉
搭车乘船
来去三天
每人花费
8-8 元钱

2021-10-12

长江十年禁渔遐思

梭罗、爱默生眼里的春天
蕾切尔·卡逊眼里的春天
天哪！天壤之别
屈原、范仲淹看见的长江
曹文宣看见的长江

锦鳞凋零，江河日下
知我者，谓我心忧
不知我者，谓我何求
春天无鸟，病了！病得不轻
长江无鱼，病了！病得不轻
自私与贪欲，滥用与滥捕
是万恶之源，罪魁祸首
母亲病了，病因已经查明
处方已经开出
一个字——"禁"
肺病了，禁烟
肝病了，禁酒
富贵病，禁穷奢极欲
贫穷病，禁眼高手低
春天病了，禁DDT
禁一切不计后果的除虫剂
长江病了，退捕禁捕
禁靠山胡乱吃山
靠水胡乱吃水
禁电毒炸，绝户网
一禁十年，十年后再看
千斤腊子万斤象
江河湖海皆茫茫
不让长江女神悲剧重演
预防长江微笑

变成长江哀悼
厚待青、草、鲢、鳙
四大名门望族
不赶尽杀绝
饶它三代同堂、四代同堂
一禁十年,说干就干
收缴渔证、渔船、渔具
用结束催生开始
送渔民定心丸
量身定制职业前程
金口、汉口、滠口,波澜不惊
口口相传,一致欢迎
一禁十年,织法网、天网、人网
疏而不漏,一网打尽
妄为与侥幸
一禁十年,十年后再看
鹰击长空,鱼翔浅底
万类霜天竞自由
这绿水青山
这美丽长江
会踏浪归来
在不经意之间

2021-11-17

秋风光临了江城

走着,跑着
跳着,飞着
秋风光临了江城

既熟悉,又陌生
秋风闲不住的
一大早出门
第一个吻
送给了踏浪归来的江豚

掠过长江,掠过汉江
掠过木兰山、梁子湖
有时一掠而去
有时翩翩起舞
它在光谷迷路了
在昙华林迷路了
在江滩,它乐而忘返
一手牵起芦荻
一手牵起银杏

荡起秋千
它衣袂飘飘、神采奕奕
一路播撒迟桂花的芳香

秋风不扫落叶
它们是老相识、老朋友
在和煦的阳光下
它们肩并肩走
有说不完的知心话

傍晚时分
秋风余兴未了
登上了知音号
看,一轮明月
两岸灯火
英雄的传说
闪闪烁烁
看,和和美美
这个人
那个人
一群人
一城人

2021-11-19

杨泗港长江大桥

一步就跨过了长江
你有多矫健
多了不起
漂亮的十姑娘

跨过去等黄鹤
跨过来觅知音
晴川历历，芳草萋萋
诵读声
一声又一声
寂寞了白帆与白鳍豚
惊醒了黎明与黄昏

一条大河波浪宽
风吹稻花
风吹烟花
风吹十姑娘
随身携带的竖琴
漂亮的竖琴

匆匆赶路的人哪
你是有福的
如果你看见了
如果你听清了

2022-01-12

在 五 月

清明离不开谷雨
谷雨找不到清明
进入五月
形势变得明朗
尚仲敏掐指一算
在五月
宜开窗见月
开门见山
宜开心，不宜伤心
宜开始，不宜终止
简单的计算与幸福
不宜自囚于密室

芬芳是野的、细的
连绵不绝的
像山风、山泉
马驿山上的女贞花
景色是赤的、橙的、黄的、绿的
在花博汇
主角换成了紫色的
愣头愣脑的大花葱
欢呼雀跃的马鞭草
都是紫色的

人间是你的、我的
扎根在语言中的
活着、走着、说着
琐细的事情
琐细的烦恼与欢乐
多么好
在平平安安的人间
在一头撞上的
不疼也不痒的
明朗的五月

2022-05-03

华中大校庆日随想

喻家山长高了
有多高呢
官媒说
中心城区最高
不说具体数字

也许怕武大、地大、华师大
还有华农大攀比
也许不是

数字是现象、是衣裳
本质呢
无非雄心壮志、自强不息
譬如说
柱长天以大木
开莽原以上庠
譬如说
从东一到东九
从西一到西十二

譬如说
顶天立地，追求卓越
中国特色，世界一流

70年，70万
昔日荒郊野岭
如今浩瀚森林
十年树木，百年树人
栽树的人呢
那个人、那群人
那几代人呢
他们还在栽树呀
用锄头，用笔
用言传身教
用往事依依
他们没有离去

以前还有以前
以后还有以后
老一辈询问
站在喻家山
能看见什么呢
王一苇、杨吉凯在台上说
会场内外
不少同学也说

能看见东山、泰山
我们在努力
争取早一点
看见喜马拉雅山

2022-10-06

山雀子噪醒的武汉

小的是麻雀
大的是喜鹊
更大的大武汉
于无声处欢呼雀跃

梁山泊好汉一百零八
大武汉好鸟三百八十
大江大湖，好山好水
去年净增二十个种类

你不信？没关系
可电话咨询武汉观鸟协会

武汉水域面积
占市域总面积的 26％
武汉鸟类品种
占全国鸟类品种的 26％
惊人的一致
有没有因果关系

开放的武汉欢迎你
小黑背银鸥来自西伯利亚
豆雁来自赫尔辛基
白琵鹭呢？或者中亚
或者澳大利亚

画眉
乌头鹟
黄腰柳莺
红嘴相思鸟
好鸟越来越多
留在武汉不走了

还有小鹨鹩、凤头鹨鹩
你用武汉话读一读
蛮有意思的呢

2023-04-17

有人路过清芬路

黑咕隆咚的青云里
确实不能住了
这个拆迁
孙先生是支持的

有两位孙先生
哪一位呢
高高在上的
走街串巷的

还有更年轻的
小杨导演
小曾摄影师
魏姓老板
心有戚戚焉
一口气收容了
30万流浪芯片

他们都是有故事的人哪

他们看别人的风景
别人讲他们的故事
讲着讲着
唏嘘不已

2023-06-02

窗外的大武汉

龟山上有龟
蛇山上有蛇
鹦鹉洲头有鹦鹉
黄鹤楼上有黄鹤
好多好多年前有的
好多好多年后还会有的

梅岭有梅花
桂园有桂花
菱角湖的菱角
随手一抓一大把
狮子山有没有狮子
你怀疑，你好奇

不妨坐上22路公交车
实地一探究竟

立秋闪过
立冬来了
小雪闪过
大雪来了
一百万只金凤凰
来到大武汉了
最大最美的一只
栖息在凤凰山凤凰巷

2023-12-12

冬季到武汉来看雪

冬季到武汉来看雪
来看松花江
来看太阳岛
来看中央大街
来看小土豆
自产自销的小土豆

你们吃得饱饱的
穿得暖暖的
有欣喜,没有忧愁
你们不是送外卖的、送快递的
不是环卫工人
你们有欣喜,没有忧愁
你们是幸福的小土豆

冬季到武汉来看雪
看狮子座流星雨
看流浪地球
看泛黄的记忆
新鲜的伤口
看蹒跚而行的那个人
孤独的背影
多像从前哪
从前的从前
走着走着
走失的亲人

2024-02-04

损失了多少绿林好汉

损失了多少绿林好汉
为了抵御西伯利亚寒流
为了迎接春天

严刑拷打
不开口招供
刀劈斧削
不弯腰低头
惨烈牺牲的场面
随处可见
在常青路
在雪松路
在华中科技大学校园
朋友呀,你看见了吗
你伤心了吗
冰天雪地里
你能嗅到一<u>丝丝</u>
香樟树垂死的芬芳吗

损失了多少绿林好汉
龙年的春天
难产的春天

2024-02-06

大武汉的小秘密

百湖之市
大武汉的灵性与颜值
来源于此
你试试！数完手指头
再数脚指头
能数到几
譬如说：野芷湖，你在哪里
告诉你：在狮子山的怀抱里
范仲淹神游至此，由衷赞叹
沙鸥翔集，锦麟游泳
岸芷汀兰，郁郁青青
沙鸥来了，沙鸥的近亲远房
也都来了
有200多种姓氏呢

譬如凤头鹧鸪、小鹧鸪
倒车,请注意
同样是鹧鸪
差别还是蛮大的

大学之城
大武汉的精气神
最年轻的博导
又是谁呢
华科大的胡玥
地道武汉姑娘
31岁,当博导两年了
又博学,又阳光
有强大的元宇宙
对了,她的专业
就是捕捉阳光
同学,不甘平凡的同学
考她的博士生吧
考上了,是你的福气
考不上,怨不了谁

大武汉的小骄傲,之一
你知道吗
市属高校江大
完全碾压北大、武大、湖大

哈佛、耶鲁、MIT 什么的
也不在话下
不会吧？女足哇
刚刚蝉联女超联赛冠军
绝对主力王霜
同胡玥一样
地道武汉姑娘

亩产百万的玉木耳
在东西湖
3 米多高的茄子树
在江夏
武汉之巅
名列吉尼斯世界纪录大全
在黄陂云雾山
你胆子大不大
试试就知道
你心脏不太好
还是算了吧

高德红外黄立
光谷之光之一
几十年如一日
练就两门绝世武艺
一曰火眼金睛

一眼识破非典、新冠原形
一曰金箍棒
专打野心狼
这些都不是秘密了
他的脚下功夫
也挺厉害的
不输周星驰
黄总,进一个
黄总,进一个
果然果然果果然
一个一个又一个
路人甲,惊掉了下巴
这个守门员
是高德公司的呢
是高德公司
派去卧底的呢

2021-12-09

端午节礼拜紫薇

采薇采薇
不采紫薇

端午节
麦子熟了
稻子播了
紫薇花在子宫熟睡
采豆苗吧
豆苗又柔又嫩
紫薇花不开
花蕾在子宫熟睡

紫薇又刚又美
花开六瓣
花红百日
照亮亲爱的中国
仲夏与中秋
农民与游子
颂扬你的
如今有袁惠文
从前有白居易

听说孔夫子也想的
在新洲渡口
弟子们催他赶路
来不及舞文弄墨

采薇采薇

不采紫薇

如果你爱它

可以摸摸

可以拍拍

可以惊醒

古老的传说

可以暂时中断

菜粉蝶、凤尾蝶工作

它们也许饱了

也许累了

需要休息

好运气

不是采来的

是沾上的

别人都这么说

你以为呢

采薇采薇

不采紫薇

来紫薇都市田园

沾一身好运气吧

这里有紫薇

有翠薇

有赤薇

有银薇

有久违的芬芳

复活的记忆

在这里

在仓埠街紫薇岭

翩翩起舞呢

2022-06-06

大武汉 1933

村民挑担子

走过老斋舍

担子和表情

一般轻松

不远处炊烟袅袅

早些年间的硝烟

似乎随风散尽了

显真楼生意兴隆

军人匆匆离去

书生姗姗来迟
橱窗中，美人风情万种
对顾客，也对路人
穿旗袍
烫精致大波浪头

打排球
骑自行车
特立独行的女学生
穿西服打领带
好帅！她爸爸妈妈
烦不烦
会不会打她骂她

大武汉 1933
没社保卡
有联保卡
联保卡中声明
如有轨外行动
自应随时报告
否则甘愿连坐

2023-01-09

在单洞门洞见春天

花不会开口说话
不会问这是哪里
不会回答来自哪里
在单洞门
天南地北的姐妹们聚在一起
颜色照亮颜色
香气唤醒香气
在单洞门
鲜切花抱紧鲜切花
鲜活的人影只形单
不理会另一个鲜活的人

蝴蝶兰是大美人
跳舞兰是艺校生
满天星自然是热心观众
玫瑰在热恋
百合在试婚纱
康乃馨刚刚当了妈妈
菊花呢？黄菊花白菊花呢

似乎这些日子
真的有些多了
家里没事
请走过去
春节快到了
继续谈一谈
风花雪月的事吧

解放大道、京汉大道
循礼门、展览馆
繁华世界,万千红尘
200米的单洞门
从天而降的单洞门
寂静的春天
一目了然
雷声隐隐,芬芳隐隐
手捧鲜花的人
捧住了瞬间
能捧住幸福吗
一个又一个
鲜活的人
来自哪里
消失在哪里
谁是他的目的地

谁是她的心上人

2023-01-15

一个人的长征

一个人
可不可以长征
一个人可不可以
从天尽头出发
走到源头
从青涩出发
走到皓首
一个人七老八十
可不可以打响打赢
三大战役
一个人可不可以
穿越星际
穿越墨与彩、线与面、仰韶与金字塔
找到失传已久的
阿里巴巴密码

一万年太久
只争朝夕
一个人可不可以
在耄耋之年
坚持黎明即起
坚持立正、稍息
坚持一个人的长征
朋友！你认识他吗
你肃然起敬吗
此时此刻
他微微笑着
就在我们中间呀

2023-06-29

在万绿园

在万绿园
遇见一只柚子不是柚子
不是椰子
穿着绿褂子
腆着大肚子

但不是就是不是
游子不是浪子
孔子不是老子
一只柚子不是柚子
是葫芦
傻了吧！傻瓜了不是

在万绿园
遇见一只戴胜刚刚获胜
它趾高气扬
它豪情万丈
它衣锦还乡
比刘邦还刘邦
一对知趣老夫妻
赶紧躲得远远的

在万绿园
遇见一座桥
桥上的风景
显然大于桥下的
遇见一座楼
它浓妆艳抹
眺望琼州海峡
似有淡淡乡愁
遇见一美少女

推一辆共享单车
走过高大婆娑小叶榕树
十之八九
不是失恋了
九之七八
在背单词
背古诗词
遇见一枚超级月亮
一会儿张九龄
一会儿苏东坡
一会儿躲猫猫
哦！想起来了
这是癸卯年中秋夜
这是在海口，不是在汉口

2023-10-01

桂花开了

没有哪个季节
比得上金秋十月
没有！不可能有的

在十月
光阴慢了
鞭子停了
奖励与安慰
蜂拥而至
桂花开了

那芬芳，那馥郁
那若有若无
那不离不弃
那么些有关美好的
点滴往事
在银白色的夜里
乳白色的清晨
伴着微风
蜂拥而来
桂花开了

海口的月亮圆了
汉口的桂花开了
从天堂回到天堂
我多么幸福呀
在 10 月 3 日
在微风细雨中
我颤抖着写下

这些文字

2023-10-03

慢一点,再慢一点

等风来
等风牵来小朵大朵云彩
等花开
等小花成为小妈妈
大花成为大妈妈
等青石板等到青苔
等狗尾巴草等到大花狗
等鸡冠花等到芦花鸡
等编花环捡鸡蛋的小朋友
你和我
从云稼慢乡走过来

慢一点,再慢一点

等雨点落下来
等雪花飘过来

等歌声笑声谈话声
停下来
天就要暗了
就要黑了
你和我
暌违多年的老朋友
天上的繁星
地上的萤火虫
就会出来见面了

慢一点,再慢一点

2023-10-20

唯一的,珍稀的

山菊有千千万
常开不败的
这是唯一的
是您栽的
银锁有万万千
永不生锈的

这是唯一的
是您铸的
您痴迷清风清音
清晨的纯粹与透明
也讴歌过战歌战旗
生龙活虎的战士们

您是唯一的
唯一的李乃蔚

您是平静的安静的恬静的
与繁华的大时代
保持客观客气
您用渲染
回应喧嚣
守住初心
一意孤行
井水不犯河水吗
似乎是的
似乎不是的

一生只做一件事
一生做好一件事
不满足,不停滞
不夸夸其谈,不沾沾自喜

在这繁华喧嚣的闹市里

您是珍稀的
珍稀的李乃蔚

2024-01-05

在花乡茶谷

花是梅花
茶是青茶
耳边风雅颂
脚下平平仄仄
眼前尽是有情人哪
一扇窗子擦亮了几扇窗子
一扇门敞开了几扇门

在花乡茶谷
在早春二月
花花叶叶是最好的诗句
幸福的诗人哪
不幸的诗人哪

你能说出的
究竟有没有
如此良辰美景
一百万分之一

2024-02-17

美 女 如 云

从云水湖来
到红岗山去
在星空下沐浴
在霞光里更衣
红艳艳的
笑吟吟的
顾盼生姿
翩翩起舞
美呀！真美
喜出望外的你
惊慌失措的你
瞠目结舌的你

不这么说
还能怎么说呢

是爱的红晕
是下凡的虹霓
是风雅颂
彩色的梦
是王昭君
山溪浣纱的样子
是杨玉环
养在深闺的样子
是花乡茶谷
款款走来又走去
回眸一笑百媚生的样子

2024-03-15

在凤娃古寨

有些风景是别人的
看着看着就是你自己的

有些故事是别人的
听着听着就是你自己的
有多少风景多少故事
其实就是你自己的呀
你丢掉了它们
它们丢掉了你
在苍茫人世间
埋头赶路的日子里

在暮春四月
在凤娃古寨
你走着走着
跟过去撞了个满怀

也可能是现在
也可能是将来
谷雨过去了
讲故事的人
在忙碌着呢
忙碌的人
在盘算着呢
在暮春四月
在凤娃古寨
诗人想入非非

想起作家陈学昭
想到工作者是美丽的

2024-04-23

来吧，都来吧

青花与红木
国学与乡喜
山东与江西
唱戏与做媒
开封的王婆
新洲的余姐
一时瑜亮
痴男怨女
来吧，都来吧
还犹豫什么呢

南腔北调
热闹欢喜
有看的，有听的

有逛的，有玩的

没准还有意外之喜

大雅就是大俗

大俗就是大雅

来吧，都来吧

来洞天福地

来凤娃古寨

接一点地气

接一点喜气

一洗闷闷不乐

一洗垂头丧气

在生命中的好日子

2024-04-26

好！好好！好好好

虫鸣蛙鸣鸟鸣

它们表白

它们不争论

它们在野地表白

我们在室内争论
它们专注于食色
我们专注于风云
在摊开的江夏区
此处还有彼处

波光粼粼
桃红柳绿
开白花的三叶草
等闲过了
我们争论历史
争论人文
争论沉河的三首诗
是好
是好好
还是好好好
果然是谦谦君子呀！沉河
少数服从多数了

2024-04-27

"紫薇杯"巡礼

一

种子协会队赢了
赢下掼蛋比赛
种子赢了
赢下紫薇都市田园

多年以前
一粒种子,两粒种子
也许三粒种子
赢了年轻的袁惠文
赢了荒山荒坡
赢出紫薇都市田园

二

走,走进春天深处
走,走向夏季边缘
走,走进汗水深处

走,走向甜蜜边缘
一公里六公里十公里
与紫薇花结伴出发
一寸寸走到向阳枝头

调皮的风
蓬勃的花草
男男女女老老少少
4月29日一大早
说着笑着
结伴出发
走在了一起

三

白的蓝的黄的
花的海洋荡漾
又红又黑一朵朵
风情万种
来自汉阳洪山江汉
仓埠的穿越故事
三月里的小雨
活灵活现的
淅淅沥沥的
有一种心动的感觉

亲爱的朋友，你呢

四

文质彬彬
高谈阔论
画龙别忘了点睛
崔颢登上黄鹤楼
伯牙对话钟子期
用赤子之情
温暖撂荒的土地
泉水开始涌动
村庄陆续醒来
第九节甘蔗
开口说话
我们看到的
我们相信了
我们相信的
我们会看到的
是吗？是呀
我们一起努力吧

2024-04-30

去江夏那边

去水光潋滟处
去山色空蒙处
去夏令时遗址
去聚贤书局
听西安来的女主人
谈谈心事
去云稼慢乡
透过暮秋与冬天
发现沉河
去淮山寺
去槐山矶
见证创造的伟大
见证奇迹
去金鸡湖
去牛头山
于无声处听惊雷
听呐喊
听江水呜咽
去拾光牧场放牧
去灵山公园艳遇

看哪,这伟岸
这微澜
这苏轼与秦观
合作的诗篇
去五里界
研究"青白"二字
看哪,先人们
多么聪明
多么纯粹
多么诚实
他们离故弄玄虚
相隔了十万八千里

2024-05-01

在灵山景区

悬崖边的树
鹿回头
大西洋最后的
一滴泪
巫宁坤最后的
一滴泪

早樱与银杏
惊世骇俗的约会
月季花与月见草
相视一笑各领风骚
在灵山景区
五月扑面而来
拂袖而去
种子与叶子
伸伸腿伸伸腰
过着安安静静的日子

矿工隐退了
园丁上场了
黑乌鸦摇身一变
成金凤凰了
在灵山景区
你背不出几句诗
看不出几幅画
也不浮想联翩
也不心旷神怡
我怎么说你好呢
你呀你呀
你简直无可救药了

2024-05-18